請陪我再死一次

作者／八千子
插畫／手刀葉

0

「要是妳能死掉就好了。」

這是我最常對森見說的話。

同樣的台詞若是出自感情要好的高中生口裡大概不會有什麼不妥，但我們並不是抱持著玩鬧的心態。明知道是極其惡劣的話，與她相處的這段日子，我都在拚命思考殺死她的方式。

畢竟這是她的心願，她也有充足的理由結束生命。否則，便不會提出那個如今聽來都像是玩笑話的條件了。

如果我能殺了她，她就會把全部的財產，三百萬都送給我。

三百萬是一個不上不下的數字，以自己的命而言太過廉價，拿別人的命比較卻又顯得昂貴，但無論如何，這仍是一筆任誰見了都無法忽視的鉅款。

她大概是認為我和其他人一樣能透過這筆錢改變自身的命運吧。

不管是搬到一個杳無人煙的地方獨自過生活，或是利用這筆錢回饋社會，以此減輕日益膨脹的罪惡感或許都是不錯的方式。

只要有了錢，照理來說任何問題都能解決才是。

如果我再早幾年得到這筆錢，人生會不會迎來不同的轉機呢？

答案我很清楚。

無論三百萬或三千萬都沒有意義，要是、如果、假如、若是……人生有太多或許，每一個可能性都代表一種後悔，我的過去已經被這些詞彙絆住太多年，即便現在，我都不覺得自己曾做過一次正確的決定。

就算我真的得到三百萬，纏附在我身上的厄運也不會隨著財富的累積而消失。只要我還有辦法呼吸，命運就注定得繼續被死神玩弄。

我所愛的人、重視的事物，最終都會因為我而離去，追根究柢，我的存在本身就是種錯誤。

所以我不會拒絕她的提議。

因為我必須依靠森見騙過那可憎的神明，只有最接近死亡的她才能讓我如願。

所以森見非死不可。

1

在認識森見之前，我就已經鑄下大錯。花了好幾個禮拜的時間和其他人討論、制定的縝密計畫，讓我天真地以為這次一定能成功。

該說一切早有徵兆嗎？出發的那天，早報上某個不起眼的專欄正好提到五月病。所謂五月病，是講述人們在新的季節接觸了新的環境，容易因為適應不良而陷入憂鬱，尤其近來疫情蔓延、經濟衰退，於是這個原本在日本行之有年的心理病也逐漸在亞洲擴散。

「五月是自殺的高峰期。還請多關心身邊的人，一起攜手度過難關！」

我還記得那篇文章以這句話作結，回想起來更顯得諷刺。

即使是和假期無關的我們，仍避不開梅雨季帶來的潮濕空氣。初夏的風替島嶼覆上一層薄膜，罩在每個人的臉上，低氣壓所造就的黏膩感總是讓人喘不過氣來。

如果要選一百個自殺的理由，我想這該死的天氣就可以算作其中一個。

離開交流道後，汽車駛入了冷清的產業道路。我們選擇的地點位處某段山路的中途，隨著坡度上升，租來的Toyota也發出刺耳的哀鳴。自從新隧道通車後，這裡就鮮少再有車輛行經。

「因為是二十幾年的中古車嘛，忍耐一下吧。」

後視鏡映出世嘉哥傷腦筋的笑容，雖然掛在鼻梁上的圓眼鏡給人一種不太可靠的印象，負責駕車的他卻是這趟旅途的召集人。

「喂，我開窗戶沒關係吧？」

為了釋出額外的馬力，只好暫時先關掉空調，副駕駛座上的小陽解開安全帶，將半個身子探出窗外，制服背後早已透出汗水的印記。

「出門前天氣預報還說今天會下雨呢。」

小陽抬起頭說道。陽光不及溽暑時刺眼，仍讓他舉手在眉間築起了雨棚。

「要是涼快點就好了……」

「你怕被發現時很難看嗎？」

聽見他的呢喃，身旁的茉莉放下手機，我看見她的嘴角泛起了淺淺的笑意。

「儘管放心吧，沒有一種結果是好看的。」

「這我當然知道啦……」

小陽摸了摸鼻子，半邊臉頰仍倚著窗框。別說是他了，就連世嘉哥聽到茉莉這番話也只能苦笑，我注意到他偷偷瞥了小陽一眼，一副欲言又止的樣子。

世嘉、小陽、茉莉。

SEGA（王世嘉）、清原陽介、Mori0922。

這之中，只有世嘉哥是用本名，其餘三人包括我都是以網路暱稱稱呼彼此。即便這不是我們第一次見面，但要說熟識還差得遠，充其量只不過是一群有著共同目標的人，透過同一個網路論壇偶然認識彼此罷了。

平常外出時幾乎都騎機車，我對小客車的印象幾乎只剩下小時候和家人一同外出時留下的模糊記憶。因此，現在和一群陌生人待在狹小的空間裡，反而讓人有種異樣的不協調感。

「妳染頭髮了呢。」

我向茉莉搭話道，純粹是想打破這短暫的沉默，只不過話一說出口我便立刻明白這句話有多麼愚蠢。

「你現在才發現呀？」

果不其然，被茉莉嘲笑了一番。她瀟灑地撥了撥髮梢問道：「好看嗎？」

「嗯。」我說。畢竟這種時候，答案只能有一個。

「是吧？我昨天才染的喲。」

回想上次，也是唯一一次和她見面是透過網路視訊。那時的她綁著黑色的馬尾，無論穿著打扮都很隨興，甚至可說是隨便——跟現在染著亞麻色頭髮、畫上淡妝的她判若兩人。這之間的反差，若說不讓人心動是不可能的，但充其量也就是對漂亮女性的某種憧憬罷了。

沒有一種結果是好看的。

不需要她提點，我們每個人都很清楚，也沒有人真的在乎自己被發現時會是什麼樣子。如果會在意這種事，打從一開始便不會上車。

世嘉哥穿著襯衫，小陽穿著制服，而我則是T恤。雖然我們都是男性，本來就沒有刻意打扮的必要，不過也看得出來我們三人對衣服都沒什麼講究。

因為沒有意義。

沒有什麼事情是真的有意義的。

看著眼前的景色一幕幕地被留在腦後，這樣的想法就越發強烈。

「不過你可別誤會了，我不是要讓別人看才染的。別人怎麼想都不關我的事，就算被發現時已經爛掉，腸子都跑出來了，圍觀的人還補上一句『好噁心喔！』都無所謂，反正我已經聽不見了嘛。只要現在的我很滿意自己的樣子就夠了。」

「好噁心喔！」小陽發出哀號，茉莉立刻把手伸到前座抓亂小陽的頭髮。「嘿嘿，就是說你這小子啦！」

大家都笑了出聲。我看著後照鏡，鏡子裡的她露出燦爛的笑容，十分耀眼。

「妳還真有自信啊。」

其實我真正想說的是「像妳這樣的人到底為什麼會想死呢？」

不過作為一同踏上新旅程的夥伴，我們誰也不會質疑其他人尋死的原因，這是在那個網站上相遇的人都具備的基本素養。

「能幫我看一下地圖嗎？貳米，看一下還要開多久。」

世嘉哥的聲音將我拉回現實，我立刻拿出手機定位汽車的位置。

「快到了，大概再兩分鐘吧。」

「謝啦。」

為了今天，我和世嘉哥曾經約出來討論地點該選在哪裡，又該如何實行。即便他的年紀大了我整整一輪，不過和他相處就像是在和同齡朋友聊天一樣，很難想像他已經是一個孩子的爸。

那時坐在咖啡廳的我們，或許真的就像是兩個為了通識報告而傷腦筋的死大學生吧。

如果我的體質能在這時發揮效果，讓我們省去親手了結自己的時間就好了，然而汽車最後還是在山路旁的一塊空地上停了下來。

整片空地大概只容納得下三輛車。以前好像是作為觀景台設立的，一旁還有已經廢棄的小涼亭。至於廢棄的理由可想而知，畢竟打從我們開進山道後就連一輛車也沒遇見。

不僅這座觀景台，就連這條山路都處在即使被廢棄也不奇怪的狀態。

「現在還會走這條的多半都是砂石車，再不然就是玩重機的，所以你大概也猜得到會發生什麼事。」世嘉哥說。

路畔的護欄被撞得東倒西歪，早就失去原本的功能，其中有道缺口甚至只用麻繩簡單圍住，要是稍有不慎肯定會摔下山崖。

「難怪你最後會挑上這裡。」

「是茉莉幫忙找的。」

此時那個替大家決定人生終點站的人，正站在小涼亭附近拍照。

從那裡正好可以眺望整座城市的風景。林立的高樓和錯縱的道路，四面則被群山環繞，猶如靜止的河水貫穿整個都心。說來說去，也就只有那幾個貧乏到惹人生厭的詞彙足以形容這座無聊的城市。

我收起無聊的雜念，和世嘉哥一起打開後車廂，裡頭放著我們事先準備好的塑膠水管和膠布。

世嘉哥將水管套到排氣管上，另一頭則由我引入車內。為了避免漏氣，我還反覆黏了好幾層膠帶。整個流程幾乎沒有經過任何遲疑，就像是在便利商店替人刷條碼一樣熟練，我和世嘉哥之間存在著某種默契，不用他下達多餘的指示，我也明白自己該做什麼、該怎麼做。

「沒問題吧？要是沒成功的話聽說下場很淒慘喔。」

小陽一邊伸展筋骨一邊來到我身旁，冗長的通車時間讓他的關節喀喀作響。

「只要別太快被人發現都不會有事的。」我說。

「啊啊，那就好。」

他手插著腰，掛著饒有興味的表情，默默看著我作業。

「你不怕嗎？」我問道。

「怕？怕什麼？」

「怕死。」

畢竟是我們之中年紀最小的。我記得小陽才十七歲，甚至還沒成年。起初世嘉哥不想讓他加入，是小陽託茉莉幫忙說服才讓世嘉哥妥協。

「你咧？」

我擠出笑容說：「比起死掉，我更怕活著。」

「呵，我也是。」

他看向茉莉，接著說：「要是我們都像茉莉姊一樣勇敢就好了。」

「就是啊。」

儘管我不確定那算不算是勇敢。

我呢喃著，從口袋取出菸盒，將菸銜到嘴裡，並點燃了火。

小陽的視線留在我的嘴邊，遲遲沒有移開。

「試試看？」我將菸盒遞給他。

「唔……」他看起來有些猶豫，直到我告訴小陽現在不試以後就沒機會了，他才默默地抽出一根菸。

「有什麼訣竅嗎？」他問道。手指捻著菸的方式就像是在拿實驗室裡的試管。

「配合你的呼吸慢慢來就好。」

說完，我補上一句：「然後記得別告訴你爸媽。」

小陽笑著擠了擠眉毛。在幾次勇敢的嘗試後，他總算能夠吐出完整的煙霧。

「沒有我想像中那麼好聞。」他吐了口氣。「不過感覺很帥。」

「帥是上個世紀的事了，現在沒人喜歡菸鬼。」

「那你幹嘛抽？」

「因為我也不喜歡我自己。」

沒有裝模作樣的意思，小陽卻還是被我的回答逗樂了。他笑了出聲，夾在兩指間的香菸沒有再放回他的嘴裡。

「對了，等一下可以請你幫我一個忙嗎？」我問。

「什麼忙？」

我從後車廂拿出兩綑童軍繩遞給小陽。

「待會吃了藥後，希望你可以把我的手和腳綁起來。」

「欸？為什麼？」

「解釋起來很複雜，總之不這麼做的話我擔心會出差錯。」

「是可以啦，不過要是你沒死成，我們其他人不也……？」

「這算是我自己的問題，跟你們沒關係。」

事到如今，我實在不想再加重小陽的不安，只能告訴他我是屬於天生就很難死掉的體質。

如果只是單純命硬也就算了，但真正困擾我的遠不僅如此。

「反正不用擔心，就相信世嘉哥吧。」

「時間差不多了喔。」

剛提到他的名字，就看見世嘉哥敲著手上的腕錶朝我們走來，一直待在圍欄那看風景的茉莉也回來了，我和小陽丟掉菸屁股，不知是尼古丁的催化還是小陽的緣故，我忽然覺得自己的心情舒坦不少。彷彿最後殘留在心裡的一點疙瘩，都隨著燃盡的菸灰消散於空中了。

我們四人回到中古Toyota上。世嘉哥將安眠藥分給大家，又遞給每個人一罐瓶裝水。藥劑的分量經過調配，確保每個人都能好好睡上一覺。

「如果有人有寫東西的話可以拿出來了。」

世嘉哥和茉莉都把訊息存在手機裡，小陽則是留在房間的抽屜中。輪到我時，我告訴他們我什麼都沒寫。

「我沒有什麼想說的。」我說。

世嘉哥稍有遺憾地點點頭，接著便將視線放回掌心上的藥錠。白色的藥錠沒有糖衣包裹，圓餅的外型上刻著幾個英文字母。我記得以前聽學校的保健老師說過，那些需要膠囊糖衣的藥才真正苦得讓人難以下嚥。

我們面對著彼此，卻誰也沒有開口。彷彿在等待什麼，卻又像是什麼也沒在等。我能理解這樣的心情，事到如今已經沒有反悔的理由，但我也明白第一個吞藥的人在某種程度上必須為其他人的死負責。

「那就這樣吧。」

眼見遲遲沒有人動作，茉莉率先把藥錠放入口中。

「反正藥也不會馬上生效。」

就像服藥時一樣，她用同樣輕描淡寫的口氣說著。這讓我們也紛紛把掌心的藥錠送進嘴裡。

「小陽，麻煩你了。」

我讓小陽將童軍繩纏在我的手腳上，並囑咐他盡可能綁緊一點。

「會痛嗎？」

粗糙的麻繩陷進我的肉裡，我試著用蠻力撐開，不過繩環依然緊緊捆著我的手腕和腳踝。

「不會。」

不如說這樣最好。

也許是藥效開始發揮，世嘉哥和茉莉看見我們奇怪的舉動什麼也沒說。引擎發動後，兩個人都坐在自己的位子上等待睡意侵蝕。

於是我和小陽也坐回定位，本以為早晚會有人按捺不住沉默而開口，但除了小陽，誰也沒有破壞這份寂靜。

而小陽也僅僅是問了句：「要多久才會睡著啊？」

十五分鐘吧。我默默倒數著九百秒的時間。想像九百隻羊排成縱隊，等待跳過跨欄的滑稽模樣，但越是執意入睡，夢境就越難以形成。

我睜開眼睛，胸口再度被壓倒性的悵然與孤寂填滿。我試著呼喊其他人的名字，想確認他們是否睡著了，結果得不到任何回應。

世嘉哥的雙手放在胸口，像是在禱告；小陽將臉別到一邊去，我看不見他的表情。至於茉莉，她靠在車門邊，不知何時流下的淚水，在眼角閃爍著水晶似的光芒。

只有我還醒著，也許那就是徵兆。

但我不能失敗，好不容易找到三個人陪我一起陪葬，說什麼都不能失敗，無論我再怎麼慌張，唯一該做的就是等待。

漸漸地，我的意識越來越模糊，比起睡意，暈眩感似乎更為強烈。第一百五十一隻以後的羊群全部如雲霧一般消失了，取而代之的是瑣碎的印象和片斷的字句，它們甫一自腦中浮現便又化成無數裂片。比起走馬燈幻象，我更像是在失去意識前拚命抓住自己稍縱即逝的記憶。

至此，我才終於鬆了口氣，我知道我快成功了，肯定是我的本能正在垂死掙扎。即便我知道自己的人生毫無價值，潛意識卻不想承認這件事，才會讓我在人生最後的幾分鐘將儲存在腦海裡的一切翻箱倒櫃，試圖說服自己的生命哪怕丁點也好，都絕非沒有意義。

我的思緒如遭遇了一場激流般被反覆沖刷，忽然間，我想不起家人的樣貌、想不起喜歡過的女孩的聲音、想不起那些曾經讓我笑的理由。

我什麼都想不起來。找不到任何藉口告訴自己人生還有繼續的理由。

我只能等待。

等待最後，一切化成空白。

2

如果棺槨是囚禁肉體最後的牢籠，那火葬場的煙灰是不是如願奔向自由的靈魂？對我而言這是相當浪漫的想像，過去的我每次萌生尋死念頭時，常會擅自描摹死後的世界，想像天堂與地獄、彼世與陰間的樣子。

我認為，無論在哪裡自己肯定都能過上比現在更好的生活，有知心的好友與傾心的戀人陪伴，哪怕是下油鍋或上刀山，肯定也比注定孤獨的人生愉快。

但曾幾何時的想像，卻在悄然間消失了。與其說失去了對來生的期待，不如說已經沒有動力再抱持著無所謂的希望。我擔心這怪異的體質會如詛咒般永遠糾纏下去，屆時，曾經發生過的悲劇肯定都會再度上演。

所以我最後的心願，就是被裝入棺木燃成灰燼，化作一攤不會再給人添麻煩的無機物。

然而，當我再次睜開眼睛時，卻被放入了另一口名為醫院的棺材。

我凝視著天花板的水漬，臉上仍戴著呼吸器。即便我已經能自由呼吸，空氣仍然像要扯開肺腔一樣不停灌進體內。

右手手臂插著點滴針，謹慎地用膠布包好。另一端連接的不是排煙管，而是透明澄澈的營養液。

我思考著自己身處的地方和被送來這裡的理由。腦袋就像卡了血栓一般，總是慢一拍才得到答案。

這裡是醫院。我被人發現了，所以送來這裡治療。

也就是說，我還活著。

並沒有就此昏迷不醒，也沒有變成一輩子都得仰賴人照護的屍體。我能看見病房內的擺設，也聞得到消毒水的氣味，四肢雖然痠疼，但勉強還有辦法活動。

究竟是幸或不幸呢？就結果來看，不僅僅是失敗，而且是慘敗。

我的心情頓時盪入谷底。沒能死成這件事，不停在我的心中翻騰，伴隨而至的是對未來的恐懼。失敗的下場之所以悽慘，並不單單只是身體上的折磨，要是能失去一切知覺，那就算拖著一具爛不掉的身體生活都比現在幸福。

我撐起上半身，分不清楚是早晨還是黃昏的陽光從窗外斜射進來。庭院裡有一棵枯樹，被喬木林構成的圍牆包裹著，在一片蔥鬱中，只有它像是被時間遺忘一般，孤零零地佇立在空地上。

正對著床尾的矮櫃上擺著我的皮夾和手機，自殺時穿著的衣服也整齊地摺好放在一旁。我不知道自己昏迷了幾天，心想再怎麼樣至少都要先確認時間才行，便握住點滴架，下了床。

地板很冰冷，光著腳還能感受到灰塵的觸感。

在我尋找拖鞋時，有人推開了病房的門。

我回過頭，正好跟護理師對上了視線，戴著口罩看不見她的嘴型，但那睜大的瞳孔就像是看見了怪物般驚訝。抱在她懷裡的寫字板掉到地上，發出清脆的聲響。

「請問……」

「請、請先不要隨意走動，我立刻去找醫生！」

她拋下這麼一句，甚至連寫字板都忘了拿，便飛奔似地跑出病房。

我撿起寫字板，上面記錄著我的基本資料和症狀，此外還有諸如體溫、血壓、心搏等健康檢查時常出現的數據。

護理師回來時，身旁跟了一個穿著白袍的中年男性。

男人推了推眼鏡，打量著我。在他瞇起的雙眼中，我彷彿又從怪物變成了某種珍奇異獸。

醫生用不帶感情的聲音提起我的名字。我點了點頭，就像照鏡子一樣，只要聽見自己的姓名，心中就會有一股厭惡感油然而生。

接著，猶如例行公事般，他開始詢問我像是年紀和生日等問題。那些資料都已經清楚記載在寫字板上，所以他應該只是想確認我的腦筋是否清楚。

結束一連串的訊問，他緩緩開口道：「還好有救回來。」

聽說，我已經昏迷兩個禮拜了。

原本就覺得被發現是早晚的事，卻沒想到當天下午警察就接獲通知，有人試圖在車裡引入一氧化碳自殺。

大概是是好心的山友或不幸路過的當地人報警的。雖然我不認為有人會特地停車查看我們的狀況，但只要這件事的機率不為零，命運就有辦法導向如此的結果。

我早已做好心理準備，關鍵還是我能欺騙祂多久。

「其他人呢？」我問道。

「這……」看見醫生欲言又止的樣子，我就明白了。

簡單來說，我們的計畫成功了。當救護車將四人送到醫院時，已經是服下安眠藥後幾個小時的事了，其中世嘉哥和茉莉到院前就宣告死亡，小陽則是經過一週的搶救，最終還是選擇拔管。

得知這個消息，我不僅不感到遺憾，反而有點羨慕他們。同時感嘆果然只有自己被拋下了。

「墨先生，你還好嗎？」醫生皺著眉，不解地問。

「怎麼了嗎？」

「該怎麼說，你的表情有點奇怪啊。」

我伸手觸碰自己的嘴唇，發現在不知不覺中竟然露出了笑容。

幸好醫生並沒有繼續追究，而是點了點頭，用自我解嘲的語氣說：「還是因為獲救的緣故？畢竟碰到了這種事嘛。」

結果反而是我感到納悶，因為他的口吻，彷彿自殺不是出於我的意志似地。

他抓了抓半禿的額頭，盯著手中的病歷表，不動聲色地說。

「雖然這應該等警察來再問，不過……我說你啊，是被誰強迫的嗎？」

這句話進一步加深我的疑惑，直到他提起繩子的事我才恍然大悟。

「發現你的時候，你的四肢可是都被人用繩子綁著喔……我想你應該也很努力抵抗了吧，否則根本不可能會被人發現。」

據說發現我們的人是看見倒在車門邊的我才決定報警。

「你說倒在門邊是什麼意思？我沒有在車內嗎？」

「詳細的情況我也不太清楚，不過你要是在車內的話是不可能救得活的。」

我當然知道，不如說我就是因為明白這點才會請小陽把我的雙手雙腳綁起來，避免在意識模糊的時候不小心開了車門。

可是醫生轉述的情況卻顯得更為弔詭。

四扇車門依然緊閉，無論是世嘉哥、小陽或茉莉都還留在車內，唯獨我一個人倒在車門外。

到底是為什麼？

我不可能獨力把門打開，其他人也沒有理由把我排除在外，而且既然我昏迷了兩個禮拜，代表我也在車裡待了一段時間，那時大家早就都睡著了不是嗎？

越是深入思考，頭就疼得更厲害。即便想破了頭，我依然沒辦法得到合理的解釋，最後只能告訴自己又是那該死的詛咒作祟。

在替我做完初步的身體檢查後，醫生刻意換了口氣，用開朗的語氣說：「整體看來沒有什麼大礙，腦袋也很清楚。雖然還要等待進一步的檢查結果，我認為這已經算是種奇蹟了。」

說完，他又自顧自地點點頭。從他的角度看，我肯定是被捲入了很麻煩的事件。

普通的自殺案因為我多此一舉，而讓警察不得不往他殺的方向調查，我感覺得出醫生也在揀選措辭，深怕透露太多資訊會觸動我的情緒。

他誤會了，我唯一不解的只有自己沒死成這件事。

3

護理師將幾張文件遞給我要我簽名，似乎是和治療有關的同意書，我沒有仔細看，也不是很在乎。

直到我看見其中一個空格，要我寫下緊急聯絡人的姓名和電話。見我遲遲沒有動筆，護理師詢問我原因。

「請問這裡不能留空嗎？」

「留空？」

她對我的問題感到很意外。

「我沒有能聯絡上的家人。」我說。

「這樣的話，同居人或親友也可以。」

「也沒有那種東西。」

護理師看向醫生，醫生尷尬地搔了搔後腦勺說：「那也沒辦法，就先留空吧。」

如果調查的話，院方應該還是有辦法聯絡上我的父母吧，甚至警察可能都找上門過了。

但就算收到通知，他們也不會來探望我的。

畢竟當初主動斷絕關係的人就是我。

我親口告訴那兩個人，我恨他們，恨他們讓我出生在這世界上，恨他們讓我有機會背負這可笑的命運。

那番話想必徹底傷透了他們的心，再加上當時家裡被大大小小的事情弄得滿城風雨，最後成了一切的導火線。

離家的人不僅有我，再來是母親，然後父親也離開了。

我不再與他們往來，也對父母的事不聞不問，曾經養育我的兩人，被我視作不存於世的幽靈。因為我知道這樣對彼此都好。

後來我是在替外公掃墓時，才從巧遇的親戚口中得知兩人都已經再婚。父親的再婚對象是公司部下，母親則是高中時代的學長，他們帶來的孩子也都很歡迎新爸爸和新媽媽的到來。

這是最好的結局。

摧毀三人構成的家庭的人是我，卻也因為我，才讓他們以及另外兩個家庭有重新掌握幸福的機會。

既然如此，又何必執著於過去的瘡疤呢？

對他們而言，我就是那道應當隨著時間淡化的疤。

護理師從我手中接過文件時，我似乎聽見了她的嘆息聲。

兩人離開病房後，我到矮櫃前取回手機，接著又躺回床上，開始瀏覽網路新聞。

結果不論是哪家的報導，都沒有提到我手腳被捆綁、倒在車外的事。整起案件被當作單純的集體自殺處理，除了有未成年人涉入以外，再無任何聳動的字眼能勾起讀者的眼球，甚至連自殺網站的名字也只零星出現過幾次。

因此在小陽過世那天以後，這件事便逐漸淡出大眾的視野。

看來在鎖定犯人的身分之前，警方也不希望引起不必要的騷動，只可惜他們不知道那個犯人從一開始就不存在。

我還記得，當天我的手機只剩下不到兩成的電量，結果現在電卻充滿了，代表手機肯定被人檢查過。現代人不會把遺書寫在紙上，我們四人的隨身物品，八成都被當作證物看待。

過去曾有不少網站明目張膽地說自己就是設置來給網友們籌畫集體自殺用的。當然這些網站早就都不存在了，就算存在也不會讓人輕易用搜尋引擎連進去。比起專門網站，如今更多的是讓陌生網友彼此談心的討論版。版主不會鼓勵人尋死，但如果真的有人打算這麼做，網站也有充分的使用者條款把責任撇清。

讓一群陌生人結伴的理由，終究還是仰賴那無法說出口的默契。我和其他三人便是在這樣的機緣下認識的。

確認過彼此的心意後，我們便脫離了那個網路論壇，開始利用通訊軟體聯絡。為了避免被家人、朋友發現，大家也會避免使用太過直白的詞彙，同時約定好每次聯絡完都要把訊息刪除。

我的手機本來就沒有涉及隱私的內容，也沒有被人看見的疑慮，但為了不造成其他三人麻煩，我也遵循著這樣的規則。約定的那天，我甚至連社交軟體都解除安裝了，整支手機只剩下幾張隨手拍的照片和一些廣告簡訊，所以就算警察想找出任何蛛絲馬跡，我也沒有能幫上忙的地方。

我只希望他們能盡快忘了這件事。

看過幾支無聊的影片和一些內容農場文章後太陽已經西沉，中途護理師有再來巡一次房，並替我打開電燈。我們之間沒有交談，看見我專注盯著螢幕的樣子，她大概覺得我的腦子肯定什麼也沒在想了吧。

因為我是受害者，而不是有自殺傾向的麻煩病患，所以我的行動沒有受到限制。

我再次爬下病床，並扯掉插在手背上的點滴管，原本擔心針頭會因為我粗魯的舉動被留在體內，但一想到接下來要做的事，又覺得一切都無所謂了。

點滴管的韌性看起來足夠。雖然不確定是不是能負擔一個成年人的體重，可是病房裡也沒有更能夠取代繩索的東西。

窗外的枯樹在黑暗中只剩下模糊的形體。隨著冷風吹拂，脆弱的枝條也跟著搖擺。從縫隙間，灌入了垃圾發酵的腐敗氣味。

我避開在走廊上巡邏的護士，透過醫院的平面圖，從一樓的逃生口來到庭院。途中，我順便溜進存放掃除工具的倉庫，找到一張可以用來墊腳的折凳。

整個過程順利到不可思議的程度，即便我多麼小心，醫院的警備也不太可能如此鬆散，但不知何故就是沒遇到任何可能阻攔我的人，很輕鬆就到了那棵枯樹前。

我很想相信這是某種後遺症，專屬於剛從瀕死狀態回復的人，但我不認為如今神明還有乞憐我的理由，祂已經玩弄了我二十四年，不可能給我任何機會，祂只會在我看見希望後，把希望一把捏碎。

儘管如此，我更不願坐以待斃。

我仰起頭，在手機螢幕的照明下，仰望那棵沒有葉芽的枯樹。舉起手，剛好搆得到樹枝。和點滴管一樣不清楚是否牢固，可是也別無選擇，我將折凳放在枝條下，並踩上去把點滴管綁好，將脖子套進環內後，稍稍壓低了身體重心，看看塑膠環和樹枝是否能承受我的重量。

結果當然是穩固到讓人安心的程度。

我將頭套入點滴管中，並踮起腳尖。只要雙腿一蹬，腳下的折凳就會被我踢走。

整個流程我已經嘗試許多次，卻永遠沒辦法習慣雙腳失去重心的剎那。

瞬間，全身的重量集中在頸部上，讓我發出乾嘔般的氣音。我抓住點滴管，求生的本能正拚命爭取呼吸的機會，但隨著視野開始扭曲，雙手也越來越使不上力。

說不定這次真的能成功，就算是神也有分心的時候。

甚至，我的名字根本就已經從祂的名單中剔除了。

正當我這麼想的時候，身後傳來了腳步聲。

4

隨著腳步聲逐步逼近，我如願赴死的機會也越來越渺茫。

最後，腳步聲在我背後停了下來。

果然不該抱持任何希望的。

既然被人看見，那這次自殺想必也會以失敗告終。麻煩的是站在我身後的人如果多管閒事，跑去通知值班的護理師，那才真的讓人傷腦筋。

上一次失敗在我心中留下了陰霾，急於求死的結果就是欠缺考慮。

我只能在心中祈求他什麼也別說，也什麼也別做。好不容易終於沒有再遇到其他變數了，只要他裝作沒看見，靜靜地走開，我就真的能死成了。

我的預想僅達成一半。

「可以請你換個地方嗎？」

雖然刻意壓低了聲線，但那澄澈的嗓音，肯定是屬於女孩子的。

而說出這句話的她，依然佇立在我身後。她既沒有接近我，也沒有離開，就只是站在原地，看著我懸掛在那棵樹上。

看別人自殺的樣子很好玩嗎？我在心中感慨真是個性格惡劣的傢伙，卻也拜她所賜，這次總算能如願以償。

只不過，事與願違，我終究還是迎來了又一次失敗。

原因是再平凡不過的理由。

樹枝經不起我的重量，斷了。

我重重地摔到地上，眼前浮現好幾個炫目的光點，直到光點散去，一名少女的臉龐浮現在我面前。

「……茉莉？」

「誰是茉莉？」少女說。

我抹去因為疼痛而充盈在眼眶的淚水，才發現那只是一張陌生的面孔。

畢竟茉莉已經死了，她和其他兩人一樣，早就扔下我離開了。

「我是那間病房的房客。」少女指著醫院裡的某扇窗戶說道。位置正好在我房間的正上方。

「所以呢？」我一邊喘著氣一邊問道。

「所以從我的房間也看得到這棵樹。要是你死在這裡的話，以後我會不知道該抱著怎樣的心情看窗外的風景。」

起初我沒反應過來，想了一想，發現還是聽不太懂少女在說什麼。

在一片黑暗中，只有月光稍稍映照出她的面容，清秀的五官和夜風中微微飄逸的長髮，給人一種如幽靈般的印象。

「這種風景本來就沒什麼好看的。」

這裡不過是醫院的一個小角落，整塊空地上也就只有這一棵枯樹。

「是啊，很可惜房間裡只有一扇窗戶，不想看都不行。」

少女從我身旁走過，撿起地上的樹枝，謹慎地用雙手握著。

「果然還是不行嗎？」

「什麼不行？」

「這棵樹雖然已經死了，但枝幹很結實，我原本以為一定能成功的。」

她如自言自語般說道。

「我們體重有差，但看來選這棵樹本來就不是什麼好注意。」

「妳是說……」

我發現自己沒辦法把那個詞說出口。

「嗯。」她轉過身，面對著我說：「我也想過跟你一樣，選在這棵樹下喔。」

唯獨說出這句話時，她的聲音顯得特別宏亮，甚至帶著不合時宜的朝氣。

我的腦中立刻被短暫的空白填滿。

我不認為性格相仿的人就必然會被彼此吸引，哪怕心靈再契合也一樣，絕大多數的人都只會成為彼此生命中的過客，真正決定兩人關係的主要因素還是得仰賴無人能解釋的緣分。

只不過，當下我是真的認為，自己身上的死亡氣息影響了少女，才驅使她在深夜離開病房，來到這塊原本不該有人經過的庭園。

就跟兩個禮拜前一樣，本來不可能被人注意到的我卻因為倒在車門旁而獲救。不同的是，這次發現我的人沒有打算伸出援手。

甚至，她也想過一了百了。

「……然後妳現在不想死了，所以開始在意起風景了嗎？」

我強顏歡笑，拚命才從喉嚨深處拼湊出這莫名其妙的句子。

「現在也一樣。」

背對著月光，我看不見她的表情，但那輕快的語氣已經告訴我，此時的她肯定也在回應著我的笑容。

「我只是還在猶豫，再說，我也還沒有找到正確的死法。」

「什麼叫正確的死法？」

「就是讓死掉這件事變得有點意義。」

死就死了，哪會有什麼意義。正想如此反駁時，才想到自己是個連死都辦不到的廢物。仰仗藥物也好、引入廢氣也罷，就連上吊都是極其普遍的方式，我卻一直沒辦法死成，到底錯誤的是這些方法還是我自己，我已經搞不清楚了。

「多虧你的嘗試。我知道這棵樹不能用了，看來得再想想其他辦法才行。」

「妳的病房在六樓對吧？這樣只要打開窗戶跳下來不就行了嗎？以這高度，只要角度抓好，別摔到遮雨棚上應該都死得成。」

「那你呢？你為什麼不這麼做？」

「因為我的房間在五樓，妳的正下方。雖然只差了一層樓，但那種高度，比起死掉，摔得半身不遂的機率可能更高。」

是不是真的我也不曉得，我只知道哪怕今天從頂樓一躍而下我也絕對不可能如願，幸運的話會毫髮無傷墜地，不幸的話會全身粉碎性骨折，甚至得透過維生器度過餘生，但無論如何，只有自己絕對死不成這點，我相當確信。

只是我沒必要向初次見面的少女吐露實情，那只會害我被當成神經病看待。

「這麼說我跳下去時還有機會跟你打招呼囉？」

「別形容得跟恐怖故事一樣。」

「反正你也不打算活太久，我還以為你不會介意呢。」

少女笑了出聲，並仰起頭，望向只殘留零星燈火的病房大樓。

「這樣一來，以後那間病房肯定就會有著關於十九歲少女幽魂的傳言。雖然能被人記住的感覺挺不錯的，但未來住進那裡的人，不管怎樣都不可能康復吧。」

「照妳這種說法，無論死在哪裡都會造成別人麻煩。」

「去租一輛即將報廢的汽車，在裡面自殺就沒問題了，反正那輛車早晚都要進回收場，壓成廢鐵磚後也沒有人知道。」

我睜大眼睛瞪著少女。

「很意外嗎？你被送來的那幾天，只要打開電視，新聞都在報導跟你有關的事。想不知道都難。」

少女無所謂地聳了聳肩。

「你講得沒錯。不管活著還是死了，我們的存在本身就是種麻煩。」

擅自被她歸為同類讓我感到莫名的不滿，倒不是介意被當成累贅，相反的，反而是不希望少女如此作賤自己。

與我相比，她要成為別人眼中的麻煩肯定還差得遠。

而且，從和她相遇的那一刻起，對她的感覺就很奇妙。明明和她的話題都圍繞著自殺這件事打轉，我卻沒辦法從她身上感受到一絲悲傷的情緒。

或許正是因為如此，我才更不想把她當作同類看待吧。

「既然這樣，到底是活著比較好，還是死掉比較好呢？」她問道。

「當然是死掉好。」

「嗯，我也是這麼認為。」她托著下巴，想了想才再度開口。「不過，你應該有家人或朋友吧，假設你就這麼死了，他們一輩子都必須記住你自殺這件事，未來就換他們繼續被你折磨了喔，就像病房裡的幽魂。這樣也無所謂嗎？」

「如果妳是來勸我打消念頭的，那還是請回吧。反正，我不會死在妳面前，這樣可以了吧？」

「你生氣了？」

「才沒有。」

「真的嗎？要是我說錯話還請你務必告訴我，我已經待在這裡太久，都快忘記怎麼跟人說話了。」

「真的。現在已經很晚了，趕快回去吧，要是被人發現溜出病房那才會很麻煩。」我做出不耐煩的樣子揮了揮手。

「那就好，因為我沒有要勸你放棄，也不打算告訴其他人。要是你還想繼續的話，就好好加油吧，晚安。」

少女說完，欠身後退了幾步，直到她的身影完全消失在陰影中，我仍然癱坐在原地。拜她所賜，好不容易醞釀起來的情緒全部消失了。

壓在掌下的點滴管沾滿了泥濘，在我的指縫間留下塵土的味道。

神並沒有忘記我，祂依然以捉弄我為樂。

和少女分手後，我獨自回到房間。無論怎樣都睡不著，只好坐在床邊等待黎明到來。窗外的枯樹彷彿缺了一角，斷掉的枝條仍被我留在原地，即便死去都仍佇立在那的它，如今卻因為我的任性而變成現在難看的樣子。

我想起少女的話。

這樣的她又是為了什麼理由而尋死呢？

於是，我想起了另一位女孩。同樣地，直到最後我都沒能明白她選擇結束一切的真正原因。

5

那天一早房間就像蒸籠一樣被熱氣籠罩。三坪大的公寓裡沒有多餘的家具，只有電風扇的運轉聲不絕於耳。

我將纏在腳上的棉被踢開，從菸盒裡取出一根香菸叼在嘴中。天花板上布滿老房子的裂痕，手機裡有未讀的訊息，是小陽傳來的，一部拍攝貓咪打架的短片。時間是凌晨三點。一想到那時他沒睡覺而是在看貓咪互毆就讓人哭笑不得。

今天早上十點，車站前集合。

我按下送出鍵，訊息理所當然地沒有顯示已讀。我又吸了口菸，吞下含在嘴中的冰冷氣息。

按照計畫，這應該會是人生的最後一天。

人生的最後一天該做些什麼，我還沒拿定主意，但我知道待在房間一股腦地把菸抽光絕對是最糟糕的方式。

我在流理檯前把鬍鬚刮掉，沒有鏡子也無所謂，我只是受不了鬍鬚漸長的毛躁感，再說每次走進浴室，都不得不看見那張討人厭的臉對我而言也是種折磨。

稱不上醜陋，但也和英俊沾不上邊。若要我客觀形容自己的樣貌，那就是一張毫無特色、可有可無，即便被強酸潑了也沒必要為此感到惋惜的臉。因為長期缺乏日曬，總是帶著病態的慘白，走在路上，行人看到也會下意識避開的程度。

即使是這樣的我，唯獨這天也絕對不想待在房間裡度過。

我環視幾乎只有四面牆壁組成的空間，除了筆記型電腦、衣服和盥洗用品外，都是搬進這間公寓時就已經存在的東西。換言之，沒有什麼值得我帶上的行李。

我脫下被汗水浸溼的內衣，換上T恤，抓起扔在牆邊的皮夾，以及地上的手機和菸盒，頭也不回地走出公寓。知道自己不會再回來了，卻沒有心生一絲的眷戀，我想那是因為打從我搬入這裡之後，就不曾好好地過生活吧。

車站距離租屋處，大概四十分鐘的路程。途中會經過公園和以前打工的便利商店，曾被打工的前輩刁難，又被喝醉酒的大學生找碴，額頭上還留有那時留下的疤。對我而言都不是有什麼美好回憶的地方，但我也不打算刻意避開。

清晨一過，散步的老人都回去了，公園又變得冷清。我越過自行車道，在路旁的販賣機買了袋裝鳥飼料，找了一張不會曬到太陽的長凳，將整袋飼料全部撒在路上。

一群鴿子踏著歪七扭八的步伐聚到我面前，拚命啄食滿地的飼料。明明只是要填飽肚子，幾隻鴿子不知怎地打起架來，牠們把頭埋在彼此的羽根裡，看上去就像一團巨大的灰色肉球。

「用這種方式餵很浪費喔。」

我抬起頭，一個和我年紀差不多的女人站在我面前。她穿著綁帶式的雪紡上衣和茶色的長裙，還有一頭亞麻色的長髮。在散發著滾燙熱氣的柏油路上，彷彿只有她提早染上秋天的氣息。

「而且鴿子也容易受傷。」

「喔。」

當時的我大概是這麼回答的，反正不是「喔」就是「嗯」。有人願意跟我說話固然是件值得開心的事，對象還是這樣打扮時髦的女生，不過我並沒有蠢到看見漂亮女孩就失去理智。極力避免與人產生交集的我，比起高興，更多的果然還是不安。

正想著該如何打發她時，女人突然說道：「等你準備好就走吧。」

「走？」

「嗯，去車站啊，不是約好了嗎？」

我凝視著女人，發現那副五官越看越熟悉。就算化了妝，面貌的輪廓也不會有太大改變，高挺的鼻梁和尖尖的瓜子臉，將這些出現在腦中的形容詞說出口就變得浮濫，我只是想說我確實見過她。

不過是在螢幕上。

「……茉莉？」

「早啊，貳米。我可是一眼就認出你來了喔。」

用網上的暱稱稱呼彼此實在有點彆扭。

但暱稱Mori0922的網友，確實是我透過網路論壇認識的夥伴。在決定共同赴死的那天，我們就交換了聯絡方式，不過像這樣親眼面對彼此還是第一次。

本來應該是約好在車站見面的。這麼說來，我好像有印象茉莉說過她的住處離我的公寓很近。

「你真的是一點都沒變呢。」

她拍了拍我的背，讓我有點緊張。就算我們在網路上聊過不少次，也不代表現實的我們真的成了朋友，太過親密的肢體接觸都讓我感到不知所措。

所以，我本來應該回她「妳才是變得沒人認得出來」的，只是時機一旦錯過，來到嘴邊的話又會被吞回肚裡，讓我只能窩囊地點點頭。

「所以，人生的最後一天，你決定在這邊餵鴿子？」

「嗯。」

「很有想法嘛。」

我聽不出來她是不是在誇獎我。

「只是想把零錢花掉而已。」

我從長椅上起身，拋下鴿群往公園的出口走去。茉莉小跑步跟在我身後，喊著：

「不要走那麼快，等等我嘛。」

沿途，茉莉仍然不時找我搭話。她提起自己在咖啡廳打工時碰到的討厭客人，接著又調侃我的房間看起來就跟監牢一樣，什麼也沒有。

「聽說居住環境會反應一個人的心境喔。要是每天都窩在那種地方，換作是我身上肯定早就長出香菇了，鴻喜菇那種。」

「那不錯啊。」

我沒有感到不悅，也不是故意表現得冷淡，只是我真的不知道要怎麼像茉莉對待我一樣，把她當成普通的朋友相處。

我和茉莉的確是朋友，但我們的友情是建立在死亡之上。我這種人沒有任何值得她結交的理由，所以只要有一方退出，友誼就沒有存在的價值。

這時，我的腦中忽然浮現一個念頭。

我想趁此機會，好好利用一下和她的友情。

刺耳的蟬鳴聲從沿街的行道樹上傳來，汽車的廢煙灌入鼻腔，彷彿要將人從裡到外都蒸烤熟透。我們的對話有一搭沒一搭地持續進行著，直至來到那家便利商店前，我才停下腳步。

「要買東西嗎？」

我隨口應了聲，逕自走進超商，茉莉依然跟在我身後。

店員一見到我就露出困窘的表情，我裝作沒看見，將門口的手提籃掛在臂上，往生鮮食品櫃走去。

接著，我將架上所有的商品，全部掃到籃子中。不管是便當、飯糰，還是牛奶、果汁，只要是進入視野中的一切，都被我扔進灰色的塑膠籃裡。

「你買這麼多是打算幹嘛啊？」

曾經是我職場前輩的店員皺眉問道，但我沒有義務回答他。

直到他把每樣商品的條碼都刷過一輪後，我才打開空空如也的皮夾，告訴他我身上一毛錢也沒有。

「你這混蛋……是來找碴的吧？」店員揪著我的衣領，額頭上浮現了青筋。

「我一直在想這輩子到底討厭過誰。」

話說出口時，那聲音彷彿不像是自己的。有一瞬間，我覺得自己更像是茉莉或是其他客人，只是在旁目睹這一切發生。

「你在說什麼啊？」

我沒有理他，選擇繼續把話說完：「想來想去，我真的想不到其他人，可能是因為我最後一份工作是在你這裡吧，所以我腦中只浮現你的嘴臉。」

「不買東西就快滾。後面的客人，這邊可以結帳喔，不用理這神經病。」

「所以我想告訴你，我今天就會死了。」

「啥？」

「我說我今天就要死了。」

「那拜託你趕快去死吧。」

在對方揚言要報警後，我自己走出了店門。短短幾秒的鬧劇，對店裡的其他人而言，恐怕只是無聊生活的調劑。

我本來希望可以大鬧一場的，只要那傢伙先耐不住性子朝我揮拳我就有理由反擊，打鬥的過程中，我還可以順便砸了這間爛店。反正我都要死了，到頭來要負責賠償的人肯定是他。

當他揪著我的衣領時我應該繼續挑釁他的，但我卻沒有這麼做，因為說了又怎樣呢?說了又能改變什麼?

站在櫃台前，後面還有許多客人在排隊。頃刻間，情緒就變得冷靜下來。

我在門外又點燃了一根菸，另一手反覆拋接著皮夾。原本還能發出硬幣撞擊的聲音，只不過那些錢現在都進了鴿子胃裡。

茉莉在店內又待了一陣子，才悠閒地晃出來。手裡還拿著兩罐寶特瓶。

「抱歉，差點就連累妳了。」

「不會，我可是有好好地付錢。」

她微笑著，並將運動飲料貼上我的臉頰，同時說道：「你還滿勇敢的嘛。」

「我只是覺得無所謂了。」

有句話說，失去一切的人是最可怕的，因為他們已經沒有東西能再失去了。我告訴茉莉，我現在的想法就跟這種人差不多，不管是多麼討人厭的事情說不定我都幹得出來。

「例如把捷運炸掉或是在百貨公司裡裝炸彈？」

「差不多。」

「騙人。」她輕輕地笑出聲。「你才不會做這種事。」

「妳又知道了。」

「這是你告訴我的呀，你說自己是個很難死掉的人，除非拖別人一起下水，否則不可能會死，不是嗎？但是你卻從來沒有考慮過這些方法呢，這種人怎麼可能會給人添麻煩呢？」

「因為我自己就是怕麻煩的人。」

話雖如此，我剛剛就做了造成別人困擾的事。

「如果妳不在我旁邊，我可能永遠都不敢去找那傢伙的碴。」

「哦？這麼說其實是我的功勞了？」

實際上不是茉莉也沒關係，任何一個人都可以，我只是需要有認識的人在旁邊壯膽，告訴我這麼做是對的。

「那個人一定曾經對你做過很過分的事吧。」

「大概吧。」

只是我真的什麼也想不起來了。那肯定是相當令人痛苦的回憶，奇怪的是我卻只記得痛苦本身，卻不記得讓自己痛苦的原因是什麼。到底那個前輩做了什麼呢？無論我多努力回想，就是什麼也想不起來。

也許，根本不是什麼大不了的事，只是我把它看得太嚴重了。

「既然這樣，肯定就是那傢伙的錯了。」

「我什麼都還沒說耶。」

「重要嗎？」

茉莉偏頭看著我，無法習慣視線交會的我再度將頭別開。

「只要你相信自己沒有錯就好了，好不容易出一口氣，心情一定很愉快吧！」

愉快嗎？我並不覺得愉快，至少走出店門的那一刻我都對自己愚蠢的行徑感到後悔。我固然很討厭那個前輩，但給後面排隊的客人添麻煩也是事實，如果我考慮得更仔細一點，就不會犯下這種錯了。

是啊，我原本是這麼想的。

只是聽到茉莉這麼說以後，我好像稍稍能夠替自己的行為辯解。是那傢伙一直以來都用糟糕的態度對待新人，明明是自己粗心卻還硬要我替他賠償損失，甚至誣陷同事順手牽羊，這種事情在過去早就發生了無數次。

的確都不是什麼大不了的事，不過累積起來就是讓人嚥不下這口氣。

「嗯。」

我試著揚起嘴角。

「真的很愉快。」

如果不是茉莉，我可能早就忘記該怎麼笑了。

即便喜悅很快就被長久以來蓄積在心裡的悲傷取代，但我還是由衷地感謝她告訴我，我並沒有錯。

然而，隨時都帶著笑容的她，卻還是走上和我一樣的路。

不同的是我還活著，而她再也沒有回來。

6

隔天護理師來巡房時，看到被我扔在垃圾桶裡的點滴管，詢問我發生什麼事。

「不小心掉下來了。」

「掉下來？」

她偏頭瞪著我。我知道她不可能相信這個理由，只是也沒有繼續追問，而是有耐心地替我重新打了點滴。

我住院的這段期間，好像都會由她負責照看我。別在她胸前的名牌上寫著「駱美苓」，同時附上她面色不悅的大頭照，我心想多少還是要記住對方的名字比較禮貌。

「話說，妳認識樓上的病患嗎？」我盡可能不動聲色地問道。

「怎麼了嗎？」她仍沒有停下手邊的動作，撕下一塊膠布貼在我的手背上。

「只是好奇而已。」

「病患隱私不方便透露。如果是發出聲音打擾您休息，我會再幫忙跟樓上反應。」

「不，這倒是沒有，不用麻煩了……」

就算有，她的口氣感覺也像是單純在敷衍我。

於是我只好進一步說道：「我昨天晚上碰到一個女孩子，她說她就住在我樓上。我在想，是不是要請醫生多關心她一下比較好。」

結果我才是那個最多管閒事的人。

但少女昨晚說的話，讓人無論如何都沒辦法不在意。

「這部分不需要您操心。」

她淡淡地回道，態度卻顯得有些強硬。其實從昨天我就這麼認為了，我不是自我意識過剩的麻煩患者，不會要求領薪水的她們必須溫柔對待每一個病患，但像她這麼性格鮮明的護理師還是頭一次見到。

「比起她，墨先生還是先擔心自己比較好。」

「我的身體應該沒什麼問題——」

「我不是指身體。」她打斷我的話，略微彎下腰，將垃圾桶裡的點滴管遞給我。

「如果要說謊，請至少先把上面的泥巴沖乾淨。」

「唔……」

「您可能認為沒有人會發現，但考慮到您會在這邊住上一段時間，我必須勸您不要做一些出格的舉動。等出院後想怎麼做都請自便，沒人會阻止您。」

頓時，我一句話也說不出來。

「雖然我不是醫生，我的意見只能被當作參考，但我相信墨先生應該不希望被轉入有門禁的房間吧。」

言下之意，就是如果我再嘗試自殺，她就會向醫生建議把我當作精神病患看待。面對啞口無言的我，她繼續說道：「『這是護理師能說的話嗎』，您心裡一定正這麼想吧。的確不是，但很可惜我是個不擅長說謊的人，所以這就是我的實話。」

從頭到尾，都是那副無所謂的口氣。單憑那副低垂的眼簾，我根本看不出她是抱持著怎樣的心情才說出這些話。

「我明白了，反正就是不要給妳添麻煩對吧。」

「很高興您能理解。」

直到護理師推著裝滿醫療器材的推車離開，我才終於有種解脫了的感覺。

昨晚的事被她察覺了，不過從她的話判斷，她好像不打算把這件事告訴醫生。對我已經是不幸中的大幸。

比起充滿熱忱、處處為病患著想的模範醫療人員，我更希望對方不要在我身上投入過多心力，這樣對彼此都好。

話雖如此，這位名叫美芩的護理師似乎也不像她表現出來的那麼冷淡。

我看著被遺留在櫃上的牛皮紙袋，忍不住嘆了口氣。

「至於剛才您提到樓上的房客……醫院並沒有禁止病患彼此間互動，當然前提是不可以騷擾對方，也不能造成對方困擾，更不能讓對方感到噁心。」

離開前，美苓如此告訴我。

「妳說話的方式也太彆扭了，而且讓對方噁心是什麼意思啊？」

「這是我的個性，如果不滿意，您可以跟醫師或院方反應。」

「好了，我知道了，反正妳是要我親自去問她對吧？」

「我沒有這麼說，不過要是您有這個打算的話，希望能順道幫我把這袋東西轉交給她。」

她從推車裡拿出一個牛皮紙袋，逕自放到床尾的矮櫃上，顯然沒有給我選擇的權利。

就這樣，我從病患暫時變成了跑腿小弟。這倒也無妨，已經躺在床上兩個多禮拜，我很需要活動身體的藉口。

醫院的走廊上總是免不了來來往往的人，腳步不夠匆忙的通常都是病患。雖然只相隔一層樓，但我畢竟還吊著點滴，上下樓梯都很不方便，尤其手裡還提著一個沉甸甸的紙袋，更顯這幾十公尺的距離艱辛。

六樓和五樓的格局完全一樣，所以我很輕易就推算出少女病房的位置。

好奇心會殺死一隻貓。腦中閃過這句老掉牙的俗諺，若不是我多嘴，也不會有站在房門前猶豫的機會，但對有九條命的貓而言死一次也沒什麼大不了。

輕輕敲過門後，我轉開門把。

和我一樣，住在這間病房的只有一個人，也就是昨天那名少女。

她坐在病床上，正捧著一本約略只有她掌心大小的書。涼風灌入室內，一頭長髮隨風飄揚。

看見我，她並沒有表露意外，反而向我微笑道：「啊，你還沒有死掉嗎？」

「很遺憾，還沒有。」

那時我沒想到這句話會成為往後我們問候彼此的方式，僅一心想著要把東西轉交給少女，等任務完成我就要離開了。

「真可惜。」她接過紙袋，用指甲將封口的膠帶劃開。「你沒有偷看吧？」

「沒有。」

「不好奇嗎？」

「不好奇。」

「所以美苓什麼都沒跟你說？」

「沒有。」

「很像她的個性。」少女微微一笑，並把手探進紙袋裡。

她拿出的是一本書，渡邊淳一的《自殺的建議》。我當然沒看過這本書，連作者是誰都不知道，只是照著封面上的字讀而已。

光聽書名大概就猜得到裡面在說什麼，只能說一點都不讓人意外，比較怪異的是那位護理師竟然會給負責的患者看這種東西。

「這是我拜託美苓買的，一個人待在醫院很無聊，除了看書也不能做什麼。」

隨後她又從紙袋裡取出一包東西扔給我，我急忙伸手接住，單憑觸感和形狀還以為是血袋，仔細一看才發現是便利商店常賣的果凍能量飲料。

「跑腿的獎勵。」她接著說：「如果你有興趣的話等我看完可以借你，也許我們能開個讀書會。」

我告訴她我對閱讀沒興趣，尤其我現在根本沒辦法靜下心看書，沒準這個狀態會持續一輩子。

「如果我變得跟你一樣，肯定也希望能立刻死掉。」

「妳不是就這麼打算嗎？」

我還記得昨天晚上和她的對話。看見我吊在那棵樹下時，少女說她也打算跟我做一樣的事。

「理由？」

她露出慧黠的笑容。「是啊，不過理由不同。」

「這麼說來，我其實還挺佩服你的，能夠找到一群志同道合的夥伴。大家為了同一個目標，像群熱血的高中生一同奔向夕陽，這樣的機率怎麼想都很低吧。」

「不，實際上比妳想得要簡單的多，只要有網路就行了。」

而且比起夕陽，不如說夜空更貼切。

我沒有把手機帶在身上，所以沒辦法將討論版的網頁翻出來給她看，幸好她已經讀過新聞報導，讓我解釋起來沒有遭遇太大困難。

「就算是毫無共通點的人，只要有一個契合的話題就很容易產生交集。」

「所以新聞說得都是真的。」她直勾勾地看著我的眼睛道。

「基本上是。」

「你和其他三人到死前都不知道彼此的真實姓名？」

「不知道。」

我們所認識的，只有網路上的彼此。舉凡姓名、家庭還有工作，都是除非當事人主動提起才會知道。實際上，我也是在見過本人後，才確信小陽真的只是個十七歲的高中生。

「那你叫什麼名字？」

「妳是說姓名還是暱稱？」

「看你想回答哪一個。」

「貳米。」

「哦？這名字有什麼涵義嗎？」

「沒有。」我說。「只是我隨便在鍵盤上敲了幾個鍵，就像猴子寫論文一樣，一點意義都沒有。」

畢竟我當初就是抱持著要取個毫無意義暱稱的想法在敲鍵盤的。

「我知道了，貳米先生。加上『先生』兩個字會不會很突兀或不自然？」

「妳開心就好。」

「你不問我叫什麼名字嗎？」

「不用了，謝謝。」

「這樣啊。那你可以叫我森見。」

她指著櫃子上的書說：「這是我喜歡的作家的姓氏。知道《企鵝公路》嗎？」

「不知道。」

「這本書有胸部很大的大姊姊，和企鵝。」

「感謝妳淺顯易懂的說明。」

我想對話到這邊就可以結束了。

我不打算再繼續與少女聊下去。就算我告訴護理師，應該多關心這個女孩，那也僅是考量院方立場提出的建議，我只是病患，即使少女真的自殺也與我無關。

要是我繼續和她閒扯下去，恐怕會害她連自殺的權利都沒有。

結果，就在我轉過身時，少女卻拉住了我的手臂。

「等一下。反正貳米先生都下定決心要死了，死前就再幫我一個忙吧。」

「什麼忙？」

她再次將手伸進紙袋，陽光打在銀白色的鏡面，讓我忍不住瞇起眼睛。

出現在她手中的，是一把水果刀。

她露出孩子氣的明亮笑容。笑容連同刀刃的光輝烙印在我的瞳孔中。

「能不能請你殺了我？」

就是這句話，讓我的餘生在這短短幾分鐘，產生重大的變化。

7

小時候曾被老師叮嚀過，把尖銳的東西交給別人時，自己要握著尖銳的那一端，以免誤傷同學。不過真的會有人只碰到刀刃就受傷的嗎？比起受傷，那更像是一種對他人的溫柔與對自己的殘酷。

現在少女正握住刀刃，要求我接過另一端的刀柄。

見我遲遲沒有伸手，森見問道：「下不了手嗎？」

不，才不是單純下不下得了手的問題。

正覺得漸漸習慣她說話的風格了，卻突然被要求殺死她，讓我的腦迴路陷入短暫的空白。

「還是覺得太血腥了？那也可以換個方法。」她說。

「像是把枕頭蓋在我的臉上，再不然，用窗簾的綁帶勒住我的脖子也行，不管用什麼方法都隨你高興，反正能盡快結束就好。要是成功的話，我全部的財產都給你也無所謂。」

我愣了一陣子卻還是一句話也擠不出來，於是森見進一步開口道：「三百萬。」

「我的銀行帳戶裡有三百萬。只要我死了，這筆錢都歸你所有。」她說。

「等一下，所以妳現在是打算找我買兇嗎？」

然後委託人和對象，都是她自己。

「你要這麼理解也無所謂。雖然這筆錢不算太多，但我調查過行情，已經足夠買一條人命了。」

「什麼行情……人命是能隨便用金錢來衡量的嗎？」

如果是平常的我，肯定不會說出如此大義凜然的話，當下甚至連我都覺得可笑。

「為什麼不行？貳米先生，難道你認為自己的命有三百萬的價值嗎？」

「……怎麼可能。」

「我不知道你尋死的理由，但如果這筆錢能幫上你的忙，我也會很高興。」

「所以說這根本不是錢的問題了！」

我不自覺提高了音量，但一時沸騰的情緒很快又被我壓抑下來。

「我只是搞不懂這麼做有什麼意義。」

「意義不是很明顯嗎？因為我想結束這一切。」

她用理所當然的口氣回道。

「但是我一個人沒辦法下定決心，所以才想請人幫忙。不如這樣吧，就算你沒辦法親自動手也沒關係，只要能成功說服我自殺，那筆錢還是可以歸你。」

「妳都說沒辦法下定決心了，又為什麼堅持要去死呢？」

「畢竟時間快不夠了嘛。」

她將手放在自己的腹腔。

也許我早就該察覺到了。

我們是在那棵枯樹下相遇，但那同時也是醫院的某個小角落。

「如果是普通的癌症也就罷了，但來到我身上也變得跟併發症沒兩樣。說到底就是出生時運氣不好，肝臟缺少正常製造某種酵素的功能。」

「動手術或是化療也治不好嗎？」完全沒有醫學知識的我只能憑印象說出幾個常見的治療方法。

「又不是蛋糕，再切下去就什麼也不剩了。」她無奈地笑了笑。「吃藥的幫助也很有限，那只是把錢扔進水溝裡而已。」

到目前為止，她已經經歷過許多不同療程，也因為器官併發症的關係動過幾次刀，然而這卻好像是一場永遠打不完的仗，遲遲看不見痊癒的希望。

「醫生怎麼說是一回事，但走到這一步，我已經看開了，不想將剩下的錢浪費在沒有意義的事情上，所以寧願死掉也不想用它來做化療，也不想動手術。」

「也就是說，如果放著不管的話，再過不久妳就會死了？」

「這是我唯一的心願，說什麼都不能輸給這具身體，所以我要在這之前先把自己殺死。」

森見說，這是她抵抗命運的一種方式。

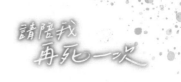

也許我們真的有相仿之處。

「但妳的家人呢？她們肯定不會同意吧。」

「已經誰都不在了喔。」她短暫地別開視線，用太過刻意的輕鬆語氣說道。「所以不用擔心。只要事先立好遺囑，你保證能拿到那筆錢。」

一個人無親無故，獨自住在醫院。如果是小說或電影，我肯定會大罵作者為了便宜行事才設定這麼一個角色，但當她活生生出現在我面前時，我卻只覺得諷刺。

原以為會聳恿人去死的護理師已經夠了，卻沒想到還得碰上一心求死的少女。一切就好像是壞心眼的神，知道我是個死不成的小丑，故意把這些人安排在我身邊。

不過，我依舊不明白。

假設她真的渴望死亡，那又怎麼會沒辦法下定決心呢？這不就代表她心底其實是想活下去的嗎？

「那是因為太早死的話就太可惜了。」她說。

「假設……只是假設而已，我半年後才會死，卻在明天就被你殺掉了，那這六個月的時間不就浪費掉了嗎？這樣看來我不僅沒有贏，反而還輸得一塌糊塗呢。你應該能明白這種感覺有多討厭吧？」

不。

完全不明白。

我果然還是很難理解她的思維。

對我而言多活一天只是給自己更多痛苦的機會。但森見和我正好相反，她更像是要在生命剩下有限的時間內盡可能多爭取一些籌碼，最後再以自殺或被我殺死的形式替人生畫下完美的句點。

明知道煙火綻放完後就什麼也不剩，卻還是有人會為了那一瞬間的美麗而感動。這樣的她，我實在無法斷言是不是珍惜自己的生命。論想死的理由，她或許比任何人都還強烈，但倘若今天我倆立場交換，她大概也會很開心自己的身體健康到讓人慚愧的程度。

「不過希望你不要誤會，就算你現在扭斷我的脖子我也不會恨你。因為我很了解自己的個性，如果我真的有辦法自殺，我肯定早就做了，不需要拜託你。」

「那妳可能要失望了。因為我也很了解自己，就算三百萬擺在眼前，我也不想背上殺人犯的汙名。」

不僅三百萬，三千萬也一樣。

不要以為什麼事情都能用錢解決。

對我來說，多少錢早就無所謂了。

「而且，會讓妳挑上我的原因，追根究柢，還是昨天晚上的事吧？」

「我不否認。」

她把玩著手裡的水果刀，就算指腹被刀尖劃破她也絲毫不在意，不如說，她就是一副期待血珠滲出的樣子。

「這段時間，你肯定還會不斷嘗試，直到成功為止。我的要求就是希望你能帶上我，僅此而已。」

「我說，妳是不是誤會什麼了啊。」

「……咦？」

「妳找的人，可是一個已經自殺失敗無數次的傢伙喔。這種廢物，是不可能讓妳如願的。」

「可是——」

我從她手中奪走刀子，上面沾著她留下的血，幾乎要能聞到散發的鐵銹味。說再多都沒用。

「反正，妳看了就會明白。」

接著，我將那把水果刀用力往自己的脖子刺去。

沒有什麼比這更直接的證明方法了。

8

無依無靠的十九歲女孩身上卻有三百萬鉅款。

照森見的說法，只要繼續療程這筆錢很快就會花完，所以她寧願在有限的時間內讓自己過得更加隨心所欲。

由於長期被禁錮在醫院裡，無論是飲食或娛樂都受到限制，所以她必須透過其他人才能買到想讀的書和想吃的食物。

那個人就是美苓，同時也是負責照看我的護理師。

而這位護理師，甚至為了成全她的心願，把水果刀交到她手裡。

真是有病。

我切身地感受到周圍的環境正開始失序。

當刀柄與我的脖頸相貼的那一瞬間，森見驚訝地抽動了身體，用難以置信的眼神瞪著我。

「你……」

「別擔心，我不想弄髒別人房間。」

我將刀子抽出，就如預想中的一樣，沒有分毫疼痛感傳來，鮮血也沒有湧出。

畢竟刀子根本沒有刺進去。

那把劃破少女手指的刀刃，正不偏不倚地插在我身後的牆上。

握在我手心的，只有刀柄而已。

「美苓替你買的這把水果刀，是全新的嗎？」

「肯定是全新的……」她怔怔地說，視線依然停留在我的脖子上。

「那建議她下次換另一個牌子，這家作工不好。」

「等一下！」她說：「到底是怎麼回事？」

我也不知道該從何解釋起。

因為我既沒有和惡魔做交易，幼年時父母親也沒有誤信來路不明的神棍。

在別人眼中，這或許稱得上是某種天賦，甚至比智慧、才能都更為明顯直接。

不過對我而言，這只是個該死的詛咒。

我無法死去。

無論用了什麼方法，我就是死不了。

「妳昨天問我為什麼不從樓上跳下來就好，這方法我以前就試過了。從租屋處附近的某座十層樓大廈一躍而下，不管怎麼看都不可能有生還的機會對吧？」

然而，就在我跳下去之後，八樓住戶的棉被忽然被風吹起，正好接住墜落的我，我的身體被棉被纏住，墜落的軌跡也受到影響，因而撞到七樓陽台的採光罩，又砸破五樓突出的廣告招牌，最後摔在三樓的雨棚上。

全身多處骨折，尤其是雙腿，甚至斷掉的骨頭還穿出皮膚，嚇壞了三樓的住戶。當他們發現我還有意識時，更是驚訝得連救護車都差點忘了叫。

即使如此，我也沒有死去，醫生說我摔落的角度還有墜落的過程都是由無數僅會發生在天文學上的機率所構成，因此被我摔爛的只有四肢，重要的臟器卻毫髮無損。

所有救治我的醫護人員都感嘆奇蹟的發生，唯獨我，知道這是神明對我開的又一次惡劣玩笑。

那是我第五次自殺。在這之前我還試過在酒裡摻入過量的咖啡因、上吊、割腕、燒炭，但每一次都會因為一些常理難以解釋的巧合，導致失敗。

「……還會痛嗎？」

我將褲管捲起，讓森見看當初手術後留下的疤，她問道。

「怎麼可能。」我笑了笑。「都是快兩年前的事了。」

接著，我將插在牆上的刀刃拔下來，用它劃破自己的掌心。

「很遺憾，光是死不了也沒用，因為我還是會受傷。」

僅僅是活著而已，但活著有很多種形式，就算成為植物人，一輩子躺在床上，對那混帳神明而言，大概也算是活著的一種。

比起心理的傷痕，肉體的傷總是更被允許發生奇蹟。被迫留下才是最痛苦的折磨。

她看著我被鮮血染紅的拳頭，愣愣地點了點頭。

「要是妳還不相信的話，可以親自試試看。」

說完，我將刀刃遞給她，就像幾分鐘前的她一樣。

「請抱持著殺死我的覺悟，否則那只是純粹讓我受傷而已。」

「這可是你說的。」

森見不像我，並沒有抗拒接過刀刃。她將刀尖抵在我的胸口，尖銳的刺痛感透過皮膚滲進肌肉。

我面不改色地盯著她，心想要是真有這麼容易就好了。

幾秒之後，她低聲道：「沒有刀柄太難拿了。」

「很好的理由。」

「這不是在找藉口。」

「我沒說這是藉口。」

她彆扭地彎下脖子，放棄再與我爭辯。

我心想，既然都做到這個地步了，那再試一次也無妨。

這次，刀子在抵上胸口的瞬間，便應聲碎成兩片。

方才刀柄和刀刃脫離，或許還可以解釋為產品品質不良，但再怎麼說，碳鋼鑄製的水果刀都不可能斷裂。

這就是現實。

只要所有足以殺死我的致命傷，都會被取消，無論取消的方式再怎麼超乎常理，神明都會想辦法促成這滑稽的結果。

就像雙手雙腳被綑綁的我，依然能獨自倒在車外一樣。

「不好意思，就這樣把妳新買的玩具弄壞了。」

我彎腰將地上的刀片撿起，扔進垃圾桶。

一切都按照預想中的進行，這樣就好。就算我有一萬個自己不該活在世上的理由，其中也沒有任何一個能成為殺死森見的藉口。

已經做得夠徹底了。

何況我還是個不需要親自動手也能奪去人性命的殺人犯，依附在我身上的詛咒，遠不僅是單純死不了而已。

不管怎麼說，我都不可以奪走一個對生存還抱有一絲希望的人的性命。

「反正我不是什麼自殺專家，甚至可說是全世界最不懂自殺的人。因此，還是請妳另謀高就吧。」

撂下這句話以後，我擅自從床頭抽了幾張衛生紙握在掌心，準備離去。

「喂。」

在拉開房門的前一刻，背後傳來少女的聲音。

「不要走。」

伴隨著脆弱的咳嗽聲，她說。

「你還沒有把話說完吧？」

就是猶豫的瞬間，讓我錯失良機。

「死不了這件事，和你自殺一點關係也沒有。」

病床上的少女說完，再度咳了出聲。

「告訴我真正讓你想死的原因，是什麼？」

原本烏黑的大眼睛瞇得細長，眼瞳中彷彿寄宿著絲絲晦暗。

我想就是那雙眼神迫使我留下腳步。

9

在我還沒有察覺自己的特殊體質前就已經是個不討喜的小孩。

雖然親戚表面上說我的個性成熟內斂，不過這句話經過翻譯，其實就是指責我態度冷漠，從來不會與他們陪笑。

實際上我只是口齒笨拙。過年佳節，當堂兄弟圍在爺爺奶奶身邊討紅包時我總是站得遠遠的，長輩喜歡聽的吉祥話我一句也說不出來，我不知道那有什麼意義，也很擔心話一說出口會被質疑不夠真誠，屆時才真的會令我感到難堪。

但或許就是因為連表面功夫都不肯做，我在親戚間的評價越來越低，我曾聽大伯偷偷詢問過父親我是不是有發展遲緩的問題，父親只是笑了笑沒多說什麼，等家族聚會結束後卻打電話和大伯大吵了一架。

當時就讀小學的我還不清楚父親生氣的原因，只知道是我的緣故才害他們吵架，於是在升上三年級的暑假，我下定決心要改變這彆扭的性格。不僅是為了面對親戚，同時也是讓我能在未來的班級交到更多朋友。

然而，性格不是說變就變的，與人相處我依然沒辦法表現得熱情，充其量就是不到冷淡的程度，但這不冷不熱的態度反而讓人覺得沒有個性，到頭來我還是處在一個尷尬的位置，不知道該怎麼調整性格才正確。

沒想到，這個一直困擾著我的問題，在第三個月班上換座位後就迎刃而解了。

這次坐在我隔壁的是一個叫峮平的男生。通常體能好、腦筋轉得快的人無疑會成為班上的中心人物，他就是這樣的例子。對他們這種人來說，就算沒有和好朋友坐在一塊也無所謂，因為他很快就能把身旁的環境打造成自己的舒適圈。

當天放學，我滿腦子依然是該如何跟峮平打好關係，即便我知道我們的個性南轅北轍，但只要和他交上朋友，就等同於跟全班男生建立了外交關係。這是社會課剛學到的，再弱小的國家，一旦和最強大的國家建立了邦交，那也會變成世界最強。

正當我思考時，注意到前方出現一個熟悉的背影。和尋常的小學生不同，那個女孩總是穿著圓頭皮鞋，背著一看就很昂貴的名牌書包，一頭烏黑的長髮也梳理得十分整齊。

我認出她是文玥。是住在我家樓上的女孩子，通常公寓或大廈一層樓都會分成好幾戶，不過文玥家整層樓卻只有她們一戶，再加上我總是能在放學後聽到樓上傳來的悠揚鋼琴聲，所以在知道她的名字前我私下都稱呼她「有錢人」。

不但和我同年紀，還就讀同一間小學，現在甚至被分到同一個班級。如果我們是生活在鄉下或是老式公寓，大概會成為別人眼中的青梅竹馬，但很遺憾我們都是冷漠的都市人，所以除了家長見面時會彼此寒暄外，兩個小鬼頭之間不會有任何交流。

就像現在這樣。即使我發現她在前面也不會想出聲打招呼，我們之間維持大約五公尺的安全距離，萬一被她知道我就在她身後也無所謂，不如說這是我們的默契。我們都不是開朗活潑的孩子，兩個寡言的人湊在一起也打不破沉默，既然如此，與其肩並肩尷尬地走著，乾脆繼續保持點頭之交的友誼就行了。

好不容易我旁邊終於坐著一個能帶領我進入社交圈的傢伙，很快我和文玥就不是同一個世界的人了。

等紅燈時，文玥不經意地回過頭，我們正好對上眼，不過卻沒多什麼。就連搭電梯時，也是兩人各據一個角落，旁人看起來可能會覺得好笑，但這也是沒辦法的事。

我偷偷觀察她的側臉。也許是受大小姐氣質的影響，我一直覺得她是個很漂亮的女孩子，和同年齡的女生不同，彷彿只有她提早染上少女的成熟韻味，班上的男生偶爾也會提起她的話題，光是依靠那張臉蛋肯定就能讓她脫離和我一樣的處境，但不知道為什麼，開學至今，我從來沒有看過她和任何人說話。

只要她願意，絕對比我更容易脫離不受歡迎的行列。我想這就是她的選擇，說不定她心底其實很瞧不起我們這些平民，根本不需要為她瞎操心。

我現在的任務就是想辦法和峮平成為朋友，別人的事我管不著。

我在腦中模擬了許多他可能感興趣的話題，就像預先寫好講稿一樣，不這麼做，等明天見到他，肯定會結結巴巴地說不出話來。

結果，所有的計算都比不上我塞在櫃子裡的漫畫。

「喂。」第二節下課，峮平叫了我的名字。「你在櫃子裡塞了很多好東西吧？」

我還沒反應過來，他便把手往我的抽屜裡伸。

「果然你也有追嘛，讚喔。」

他一邊翻閱著那本漫畫，一邊和我聊至今為止的劇情。起初我戰戰兢兢地，舉凡作者安排的伏筆和喜歡的角色，我都擔心意見跟他不同會讓他不快，所以一直順著他的看法說下去，直到他提起：「這作者超容易休刊，真擔心他畫到一半就跑路。」

「對啊，而且每次都說一些很莫名其妙的理由，像是泡泡麵時被開水燙到，或是被貓抓傷……鬼才信咧。」

「欸，是喔？你在哪裡看到的？」

「作者的部落格啊。」

「部落格？原來他有這種東西喔。」

也許話匣子就是這麼被打開的。

只要有特殊才能，在峮平的人際網路裡就能占據一席之位。

而我的才能就是對一些漫畫家或遊戲製作人的私事瞭若指掌。

儘管我很清楚，那只是單純班上剛好沒有其他人會關注這些名人的部落格，實際上我離「瞭若指掌」的境界還差得遠，卻也對如此的發展結果樂觀其成。

「我們這組還缺兩個人，你要不要跟我們一組？」

即使峮平不在，那些原本完全沒有交集的同學也會主動找我搭話或是邀請我加入他們的組別

「你看還有沒有誰適合的，老師不是規定一組裡面不能只有男生嘛，我看你去問

問趙文玥好了。」那個男生故意用滿不在乎地口氣說道。

「我？為什麼是我？」

「你們不是會一起回家嗎？你應該跟她很熟吧。」

「只是剛好走同一條路而已。」

「欸？所以你們不是朋友啊？」

看見那個拉我入夥的男生露骨地鬆了一口氣，我才發現我被試探了。可惜就算我成功融入團體，也不代表我已經長出一張能主動和人搭話的厚臉皮。

結果，我們這組遲遲沒找到剩下那一人的缺口，最後在老師的安排下，文玥還是被分配到我們這一組。

小組討論時大家圍成一桌，看到她低著頭不敢看向其他人的樣子，我才驚覺過去的自己也是這個模樣。如果不是峮平和那本漫畫交織出的契機，我想我的處境只會比文玥更艱難，甚至根本不會有同學萌生找我同組的念頭。

「妳覺得人類在五十年內真的會滅亡嗎？」在社會課討論關於全球暖化的議題時，我故意問文玥，想讓她也有發言的機會。平常的我肯定不會這麼做的，也許是那天營養午餐吃壞了肚子才萌生如此的想法。

她像觸電的貓一樣震了一下，隨後又繼續低著頭，小聲說道：「我、我不知道……但北極熊很可愛，所以我覺得這樣下去不好……」

我心想這到底是什麼感想，我們明明在談論攸關人類存亡的話題，這傢伙卻只想到北極熊。

小學生的討論會總是在一片鬧哄哄下結束，到最後大家都忘了原本討論的主題，只能依靠我對百科全書的記憶替大家把學習單填完。

過目不忘的記性，可能是我的第二個才能。

我有種預感，只要我繼續待在團體中，就會有越多連我也不知道的才能出現。

反觀文玥，每次看到她依然是獨自一人坐在位子上。下課時男生都去操場打球了，女生也會靠在花台前聊天，就她一個人在昏暗的教室裡翻著書，那副模樣，任誰見了都會不由得感到寂寞。

我們的上下學路線依然沒有改變，變得只有我，我從她的同類蛻變成班上的一份子，每每想到這件事，就會覺得和她待在同一個電梯間裡無比難受。

「喂，去搶球場了喔。」

事情再次迎來轉變的契機是在我和峮平成為朋友後的四個月。

因為學校球場有限，六個年級的學生必須共用三個籃球場，因此每到下課大家總是會立刻衝去占位子。我的球技雖然很糟，卻深知這是重要的儀式，只有一起去搶球場的人才會被視作一份子。

結果那天英文老師特別晚下課，當我們到球場時，每個場地都有人了。

無奈之下，我們一群男生只能跑到一旁的遊樂設施。那些遊樂設施經過重新粉刷，漆成五顏六色的模樣，兩根歪七扭八的鋼管上鑲著許多圓圈，平常只有搶不到球場的低年級學生會攀在上面玩。

我們像猴子一樣吊在那些圓環上，等待球場的人離開。下課時間只有短短十分鐘，扣除跑到球場的時間，連打完一節都不夠，根本不可能會有人提前走，但還是沒有人願意放棄希望。

等待的時間總是特別漫長，不知不覺間開始有人玩起遊樂設施，有個總是擔任小前鋒的男生倒吊在圓環上做起仰臥起坐，看他臉不紅氣不喘的樣子，大家都覺得很帥氣，紛紛效仿他的動作。

其中一半的人光是倒吊就頭昏腦脹，一下也做不起來，剩下的人則是堅持了一會便放棄。輪到我時，我抱持著絕對不能被人看扁的覺悟，無奈內心意志和肉體能耐是兩回事，不擅長體育的我光是倒吊就必須仰賴別人協助，更別說仰臥起坐了。

「你們未免太廢了吧。」

當我悻悻然地跳下遊樂設施時，峮平立刻就以俐落的身段爬上去。雖然小前鋒很厲害，但大家都有共識峮平才是最強的，別人做不到的事情他總是很輕易就能辦到。我們大家圍在峮平身邊，悠哉地等待他表演。

結果，他才剛吊上去沒多久，低沉的金屬碰撞聲便隨之響起。

回過神時，峮平已經趴在地上了，身邊還落著一個紅色的圓環，和地上的血泊浸成一色。

那之後的事我什麼都記不得了。

事故發生的第三天，峮平才回來上課。

在他額頭太陽穴的地方貼著紗布，嘴唇附近也縫了好幾針，看起來有點嚇人。他一副什麼事情都沒發生的樣子和大家道早安，一到下課，除了平常和他關係不錯的人以外，班上幾個女生也紛紛來慰問他的傷勢。

「就很衰啊。」

無論面對誰，他都只回這麼一句。

幸好，傷勢沒有太嚴重，當他拿下紗布時，原本應該是傷口的地方只剩下癒合的粉色肌膚，嘴角上的傷也已不復見。

但有學生受傷是事實，這讓學校不得不重新評估遊樂設施的安全，甚至還請廠商到校說明。

聽老師說，峮平摔下來的原因是遊樂設施上某個螺絲鬆脫了。

所以這不是他的錯，也不是我們的，而是遊樂設施壞了才導致這起意外，但明明大家都玩得好好的，不久前學校也才派人重新整修過，照理來說不可能會有問題才是……

當時的我並沒有多想，也許一切真的就如同峮平所說的很衰吧。

從教室外的花台往操場望去，那座遊樂設施已經被拆除了，只留下空蕩蕩的水泥空地，峮平依然帶領大家去搶球場，文玥依舊一個人待在教室裡看書。

當我以為一切都會照舊時，改變我生活的某顆小小齒輪卻已經開始轉動。

10

我讀過不少跟霸凌有關的故事，幾乎所有背景建構在學校的電影或小說都和霸凌脫不了關係，把校園搞得像是個傷痕累累的環境，但仔細想想似乎也沒錯。

被霸凌的人課本會被扔進水溝、外套會被人塞在廁所的馬桶、游泳課時內褲會被人藏起來……諸如此類的案例數也數不清，就好像全世界霸凌別人的孩子事先都說好該怎麼做一樣，大家總是在用差不多的方法對付差不多討厭的人。

上述待遇，我卻一個也沒碰到。

因為這些都是個人行為，必須有人這麼做才可以，討厭我的人並不會耍這種小手段，充其量就是無視我而已。

峮平回來上課後，教室的氛圍一如往常，鐘響後我依然和大家一起去搶球場，依然過著球場被高年級學生霸占的日常。

只是因為遊樂設施已經被拆除，所以我們等待的地點也不得不移到附近花圃的長椅上。足夠容納我們一群人的長椅，但不知怎麼地，位子總是剛好不夠，而我總是那個沒有位子坐的人。

全部人都坐著，唯獨我站著，注定了這條鴻溝存在，原本我就不擅長開啟話題，現在更是變得只能站在一旁傻笑。我心想下次必須跑得快一點才行，必須搶在大家抵達花圃前先一步占到位子。

結果，好不容易搶到座位，卻又變成沒有人願意坐下，到頭來又只有我一個人坐在長椅上，五、六個人背對著我站成一排，一邊看著籃球場一邊嬉鬧，我依舊跟不上大家的話題。

想必任何事情都是從這些微小的變化開始失控的。

起先是搶球場的事，接下來分組活動也受到影響。我因為時常上網，所以知道許多其他同學不曉得的冷知識而成為分組時的熱門人選，但在峮平回學校後，過去那些會主動邀請我加入的同學幾乎都消失了。

既然如此，你為什麼不主動問人家呢？

我想一定有人會這麼說，不過要是我有主動開口的勇氣，我想我根本就不會有被排擠的機會。

峮平的位置已經被換到離我相當遙遠的位置，現在我身旁是全班最不得人緣的文玥，說不定這也是其中一個因素，但我總覺得真正讓我與峮平他們疏遠的原因遠不僅如此。

直到某天午休，我在走廊做值日生的掃除工作時，隔壁班的兩個女生從我面前走過，我看見其中一人瞥了我一眼，說道：「就是他把圈圈弄壞的。」

我知道她說的圈圈是指讓峮平受傷的遊樂設施，但那和我沒有關係，廠商已經說了，是螺絲鬆脫才會導致他摔下來。

我不打算和陌生人爭辯這件事，讓我納悶的是為什麼她會這麼說呢？當天在場的人又不是只有我而已，難道她把我跟峮平搞錯了嗎？

也許我早該想到，當事情流傳到其他班級耳裡，就意味著它已經發酵到無法收拾的地步。

在那之後，我聽見越來越多人提到遊樂設施的事情。最普遍的說法是認為排在峮平前面的人因為操作不當而讓螺絲鬆脫，也有人猜測螺絲是故意被人轉開的，畢竟才剛整修完畢的設施，怎麼想都不可能發生器材老舊的問題。

但無論如何，害峮平摔傷的原因，都和排在他前面的人脫不了關係。

於是我成了試圖加害同學的兇手，對象還是曾經帶領我和大家打成一片的恩人。

那時是五月末，正值春天的尾聲。

我想改變這樣的困境，只是這次沒有任何巧合願意幫忙了。

現在就連在教室裡翻漫畫也辦不到，以前有許多人會和我一起討論漫畫的劇情，現在只要被發現我在櫃子裡藏漫畫就立刻會有人報告老師。我不知道打小報告的人是誰，也不想知道。

比起光明正大的欺侮，我不認為被忽視或是被暗中當作眼中釘會更好受。尤其在知道別人口中的自己被用多難聽的字眼形容時，那感覺就像是徹底與整個世界分離一樣惆悵。

我知道，其實我只是回歸到和以前一樣的日子而已。我一直都是一個人度過，只是碰巧和另外一個世界的人成為朋友，從而做了一場不切實際的夢。

我背著書包，獨自走在回家的路上。以前我和幾個人會在前面的紅綠燈揮手道別，曾幾何時他們也消失了，就像我對待文玥一樣，他們也有意無意地在避著我。

下一次的轉機要等到何時呢？升上五年級後還會重新分班，那可能是我最後一次機會，可是一想到整個年級都已經知道我的事情，那分去哪個班級、和誰同班好像又都無所謂了。

就連佇立在紅綠燈前時，我都覺得其他人正刻意和我保持距離，談論著和我有關的事。這是我第一次萌生尋死念頭，不管我多想在同學面前展現聰明才智，但九歲的我其實什麼也不知道，只是單純認為此時如果往前踏出一步就能結束一切。

紅燈還有十秒，這可能是車子搶快的最好時機了。

不過，在我邁開步伐前，卻發現有個人正站在我身邊。

是文玥。

身高和我差半個頭的她，兩顆眼睛正注視著斑馬線，沒看向我。

但我依然感到很驚訝。一直以來我們都保持一定的距離，在學校時不會因公事以外的理由交談，除非碰到搭乘同一部電梯的狀況，否則就連等紅綠燈時也絕對不會站在彼此身邊。

現在她卻與我肩並肩站著。

說不定她只是沒注意到我就在旁邊。我如此心想，實在不想因為她故意加快步伐，決定照原本的速度往家的方向前進。

不過，綠燈亮起後的整趟路程，她一直都和我並肩走著。

直到走進電梯，我才終於受不了開口道：「勸妳別再這麼做了。」

聽見我的話，她的肩膀震了一下，就像當初小組討論會時一樣，緊接著面露困惑地望著我。

「離我遠一點。」我說：「妳沒聽到他們是怎麼說的嗎？我可是殺人兇手喔。」

明明是自己要提起這個詞的，話一說出口我就感到胸口十分難受，連鼻頭也酸酸的，和感冒的症狀簡直一模一樣。

「……不是。」

我聽見她小聲地反駁。

「……你不是那種人。」

「妳怎麼知道？我們根本沒說過幾次話不是嗎？說不定，妳反而覺得我很可笑呢。」

「就說不是了！」

我第一次聽到文玥發出這麼大的聲音。

「我相信你不是那種人，不可能會做傷害人的事。」

她抓著我的手臂，一副快要哭出來的樣子，拚命搖著頭。

「我有聽到岾平是怎麼和老師說的。你會被誤會是因為他覺得摔下來很沒面子，所以才……」

電梯門開了。

踏出電梯時，我回過頭，她好像還有什麼話想說，卻遲遲不肯開口，我心想道別時若連一句話都不肯說也太過冷漠，便說了聲：「明天見。」

她看著我，睜著那雙泛紅的眼睛，點了點頭。

「再見。」

等到電梯門關上，我才終於有勇氣用力眨了眨眼睛，淚水循著眼角潸然而出。

不管岾平怎麼跟老師解釋摔傷的原因都無所謂，就算知道了事情也不會迎來任何改變。我不可能告訴每個人我被誤會了，也沒有人會相信我說的話。

我能做的就是裝作一切都沒有發生過，不曾受歡迎的我，只要和文玥一樣待在角落看書，就不會再招惹任何麻煩。

原本我是這麼想的。

但校園生活，注定會有不得不和別人相處的場合。

有一次自然課要做實驗，必須用到剪刀裁切紙張，我擔心被人看到拿著剪刀又會被揶揄，只好藉故推辭讓另一個同學幫忙。幸好我們這組都是一些不得人緣的可憐蟲，大家都沒什麼主見，只要有人負責發號施令都會乖乖照做。

那位同學接過剪刀，開始裁紙。不久，我便聽見他的慘叫聲。

他的食指滲出豆大的血珠，像眼淚一樣撲簌簌地落在純白的紙張上。他慌張地左顧右盼，好像不知道該怎麼辦。

後來，在保健股長的陪同下，那位同學被老師帶去保健室。遺留的剪刀上仍沾著血跡，即使無奈，我也只能繼續他未完成的工作。

「該不會又是他搞的鬼吧……」

感覺到別桌傳來的視線，我只好別過頭去，裝作沒聽見，同組的文玥望著我，又是一副欲言又止的樣子。

「這只是小意外而已，反正那傢伙也沒事不是嗎？」

放學的路上，我對文玥如此說道。自從上次一起回家後，我們的默契就被改變了，我們會在那個紅綠燈等待對方出現在身旁才越過斑馬線。我不知道文玥心底是怎麼想的，她大概是覺得一起走出校門很難為情，才每次都選擇在那個紅綠燈前與我碰頭。

「而且跟圈圈那次不一樣，我從頭到尾都沒碰那把剪刀，大家也都有看到，沒問題的。」

路上，我們也不再保持沉默，開始會聊一些沒有營養的話題，像是想把學校的體育課通通取消或是希望圖書館可以引進一些真正有趣的書等等。和她聊天時，我不用像面對岷平他們一樣顧慮太多，因為我們都是被世界放逐的人，即使得罪對方也無所謂，我們共享著類似的校園生活，所以反而有更多話題能聊。

「不過上午練習大隊接力時也發生了類似的意外……」

文玥指的是體育課時，排在我前面的同學在要傳接力棒給我時忽然摔倒的事。

「嗯，如果到比賽前都還沒好的話就要換候補上場了。話說妳是幾號啊？」

「我連候補都排不上啦。」

從綠燈亮起一直到電梯開門為止，儘管這段路程根本不能算是校園生活的一部分，卻是我唯一有機會和人聊天的時段，我想盡可能避開不愉快的話題。

結果，那位同學直到最後也沒能參加大隊接力，聽說她的阿基里斯腱斷了，需要好幾個月的復健才能康復。

暑假結束後，我們升上四年級。

「妳那個鋼琴，是需要每天都練習的東西嗎？」

那天班上又有人受傷了，因為和我一起抬營養午餐的湯碗時滑倒被熱湯燙傷。

「吵、吵到你了嗎？」文玥一臉訝異地反問。

「是不會啦，妳彈得滿好的。只是好奇而已，因為感覺很辛苦。」

「嗯……一到家差不多就得開始了，等吃完晚餐後再練習一下，結束時差不多九點半吧。」

「那不是都快要睡覺了嗎？」

「所以我常常躲在被子裡偷看書。別看我這樣，其實我的視力一直都在退步。」

「這不是值得驕傲的事情吧。」

說完，我們都笑了。

結果，這段對話替我找到在樓下等她一起上學的理由。和過去相比，每天早上我都會提早十五分鐘出門，只要預留這段時間我就一定能碰到她，這樣萬一她睡過頭，我還能去敲她家的門叫她起床。

這麼做的理由很單純，因為我不想獨自面對那個讓人不舒服的班級，所以說什麼都得拉她一起去學校才行，絕對不是因為我想和她再多說點話。

只要班上也有一個和我處境一樣悲慘的人能站在我身邊，我就不會感到孤單。

所以，在五年級重新分班以後，沒能和文玥分到同一個班級的我，每天都過得跟行屍走肉一樣。

11

寒假剛結束的某個冬日早晨，我像往常一樣站在家樓下等待文玥。

十度左右的氣溫讓路上充斥著穿羽絨外套的米其林人，偏偏陽光又不巧被烏雲擋住，整個城市回到一如既往般的陰鬱天氣。

我縮在牆角邊，將雙手插在腋下溫暖身子，不時回頭確認電梯上的數字。

當數字從五來到一時，我向從電梯裡走出來的少女問道：「身體好一點了嗎？」

「嗯，已經沒事了。」

可能是因為隔著一層口罩的關係，她的聲音聽起來還有點虛弱。淡粉色的圍巾把她白皙的頸部完全蓋了起來。

「如果還是不舒服的話，就別去學校了，反正那也不是什麼值得浪費時間的地方。」

「沒關係，不要緊的。倒是我昨天沒有害你遲到吧？」

「無所謂，妳沒事就好。」

在旁人聽來，可能會覺得我們像是早熟的情侶，只不過是一個小感冒就擔心成這樣，但我和文玥都很清楚彼此之間並不是那種關係，純粹是因為圍繞在我身邊的事情變得越來越詭譎。

一切的開端可能真的從峮平受傷開始，在那之後，凡是和我有關的人都特別容易遭遇意外。輕則被剪刀劃破手指，重則被剝落的磁磚砸到腦震盪，每次意外發生時我總是剛好在附近，而每一個遭遇不幸的人，就算不是我的朋友，也是我認識的人。

到底是多低的機率才會讓一個人身邊不停發生事故呢？我想就算拿全球近七十億人口計算，都不會有人碰到和我相仿的情況。

回想當初，造成遊樂器材損壞的原因也是螺絲莫名鬆脫，正因為連廠商聘請的專家都無法解釋原因，才會讓人不得不懷疑是有人故意把它扭開的。

我開始相信，有一股不可思議的力量正在試圖捉弄我。

而這力量，總有一天也會影響到文玥。

我不確定它會以什麼樣的形式顯現，只知道絕對不能因為我的緣故害她受傷。

「你想太多了。就算我真的發生什麼事，也絕對不是你的錯，到時候，我反而希望你能陪在我身邊。」

文玥把手伸進我外套的口袋裡，握住我的手，說這樣比較溫暖。我心想這未免也太難走路了，只好把手抽出來，我沒有像她一樣保暖的圍巾，所以只能繼續牽著她的手維持掌心的溫度，直到看見學校大門我們才鬆開對方的手，那時她的耳根已經像熟透的蘋果一般紅潤。

小學畢業後，我和文玥進入同一所國中。

跟預料中的一樣，我在國小時的名聲也隨著那些同學陪我一起進了新的環境。以前曾被人取過的難聽綽號，又再度出現在新同學口中。

對此，我已經幾近釋懷，一方面是體悟到這個特殊體質會帶給身邊人不幸，最好別和人扯上關係，另一方面則是因為我還有文玥。

只要有她，我就不需要其他朋友。就算我們沒有被分在同一個班級也沒關係，上下學的時間因為國中距離住家更遠，通勤時間變長意味著我有更多機會和她聊天。

唯一蟄伏在我心中的不安，就只有害怕不幸終有一天會影響到她而已。

屆時我該怎麼面對呢？既然到目前為止文玥都還沒有因為我而遭遇任何事故，那說不定這種體質也是因人而異，有可能文玥天生能夠免疫我的不幸，就像有些人從出生起就沒生過病一樣，即使是神明的惡劣玩笑，也一樣可以被刻寫在基因序列上。

我的腦中充斥著過度樂觀的想法，追根究柢，其實就是我不想離開她。

國二下學期的某天，我因為昨晚吃壞肚子不得不在家休息，可能是遲遲等不到我的關係，文玥跑來按我家的門鈴。

「啊，是文玥嗎？好久不見，妳變漂亮了呢，越來越像美少女了喔。」

我沒辦法下床，結果就是由媽媽幫忙迎接文玥。無奈她的嘴巴比我還不可靠，用詞也很笨拙。照她的說法，不就等同於批評人家以前長得很醜嗎？

才沒這回事呢。我在心中反駁。

但也是因為媽媽的話，我才意識到自己早就不再把文玥當作普通朋友看待了。

只要一想到這，我的內心就會更加糾結。

意外也總是會挑在這時候上門。

一個月後，一直很疼愛我的外公過世了。

他在住家附近的傳統市場，為了閃避開上人行道的小貨車，不慎摔了一跤。外公的身體硬朗，就算年過八十依然喜歡和外婆遊山玩水，就連事發當下他都能一副沒事的樣子爬起來和隔壁的水果攤老闆娘有說有笑。

然而隔沒幾天，他就因為顱內出血被送進加護病房，再也沒有醒來。

外公的葬禮上，我免不了受到親戚責難的眼光，即便舅舅和阿姨都紛紛來安慰我，我還是能感受到他們心中對我的怨恨，就像當初峎平受傷時一樣，他們也帶著和那些同學相仿的眼神面對我。

畢竟是我害死外公的。

外公跌倒那天是我的生日，就算我已經老大不小了，每年他還是會從家附近的傳統麵包店買蛋糕帶到我家。媽媽常說那家的蛋糕不好吃，但外公卻很堅持，說他不知道我喜歡什麼東西，但又想要替我慶祝生日，所以只能準備蛋糕，警告我媽不可以連這份權利都奪走。

於是我吃了十幾年沒有鮮奶油點綴的蛋糕，直到十四歲生日才中斷。

要是我當初明確告訴外公，我其實想吃上面有巧克力片和水果的蛋糕，他或許就會改買其他店，也不會走上那條路了。

又或者，我可以告訴他生日想跟朋友一起過，請他不要費心準備。就算會傷了他的心也沒關係，至少往後的日子我還能再見到他。

種種的後悔，都改變不了外公過世的事實。

如果真的有辦法改變，我希望不要在那天生日，甚至希望自己未曾出生過。

坐在白布包裹的椅子上，望著外公的遺像，我腦中充斥著各種極端的想法，母親的哭泣聲不絕於耳，她所留的每一滴淚水都像是在控訴我是害死她父親的兇手。

曾經我天真的以為，這份詛咒只會影響到同儕，壓根沒想到隨著年紀漸長，它也開始改變我家人的命運。

告別式結束後，我把自己關在房間裡，好一陣子都不肯上學。媽媽的精神狀況比我還要差，整個家只剩下爸爸一人勉強支撐著，但隨著他越來越晚歸，我知道他也瀕臨極限。

下一個人會是誰？是爸爸、媽媽還是外婆？無論那是詛咒或是神明的玩笑，挑上外公肯定是因為他對我最好，照這個邏輯，接下來就輪到外婆了。

我的推論沒有錯，外公過世的隔年春天，外婆被檢查出罹患胃癌，發現時已經來日無多。

即使外婆的事和我無關，但我心底卻很清楚，外婆患病絕對不是偶然。她和外公都很注重養生，再怎麼說病魔都不該挑上她才是。

先是外公的死，接著又要照料癌末的外婆，接連的打擊讓媽媽心力憔悴，每天以淚洗面，每次只要和爸爸談起外婆的事，兩人總是有無盡的爭吵。

我的家庭正在逐步崩壞。

這一切都是因為我的關係。

升上三年級後，我開始留在學校晚自習，每天都到學校警衛來趕人才離開。表面上是為了準備升學考試，實際上是我不想回家，我作夢也沒想到曾經讓我如此厭惡的校園會成為我的避風港。

與之相對的，就是必須犧牲和文玥一起回家的時光。她因為打算報考音樂班的關係，所以準備方向也和我們不一樣，儘管她的成績似乎不錯，就算報考全國考試肯定也能錄取不錯的學校，但鋼琴是她從小培養的專才，不可能就此放棄。

「你的第一志願是哪裡呀？」

放學後，我陪文玥一起走到校門口，送她離開後，我就要回教室讀書了。

「當然是分數最高的學校啊。」我說。

「這樣以後我們就不能一起回去了。」

「妳想考的學校我也不可能考得上吧？」

「這麼說也是。」

現在網路很發達，只要靠手機的通訊軟體就能瞬間縮短兩人的距離。就連現在，我們每天睡前都還是會花上至少半小時的時間聊天。

大概是因為這個緣故，我們雙方都沒有表現過多的傷感。可能是因為我們從來沒有向對方好好告白過的關係，所以總是抱持著不認為自己在談戀愛，卻又放不下彼此的怪異情感。

「反正我就住在妳家樓下，要見面隨時都可以。」

「嗯。」

看到她那副躊躇的模樣，我知道她肯定又有話悶在心裡。

「我說……」她像將肺腔裡的氣全部擠出來般開口道。「你不會哪天突然就消失了吧？」

「為什麼這麼說？」

「你跟我說過很多家裡的事……我還記得你講過等畢業後就要想辦法搬出去住，

到時候我……」

我已經想不起來是在什麼樣的情境下告訴文玥了，但好像有這件事沒錯。

「那個只能算是氣話吧。」我故作輕鬆地說。「高中生要靠打工養活自己太難了。再說，我要是考上不錯的學校，別說是打工了，恐怕連念書的時間都沒有。」

「所以，你會一直待在我身邊囉？」她的聲音依然顫抖著，就像小孩子撒嬌一樣。沐浴在日暮前的陽光下，那雙總是水汪汪的眼睛顯得更為動人。

「嗯，我保證。」

以我們的年紀，這舉動實在有些幼稚，但我仍伸出右手小指，和她打了勾勾。

並承諾這輩子絕對不會離開她。

對我而言，回憶就像夢境一樣。如今想來，一切都是那麼的不真實，彷彿這之中摻入了許多我的幻想，竄改了我對過去的美好想像。

唯獨一點我堅信不移，那就是我對文玥的感情不曾改變。

倘若我沒有會招來不幸的體質，我便不會萌生尋死的念頭。哪怕未來的人生要經歷再多風霜，只要有文玥，我都有勇氣面對。

沒能找到機會對她傾訴我真正的想法，就是我這一生注定會留下的遺憾。

我躺在病床上，因為過去的事情輾轉難眠。本來關於文玥的事，我連想都不該想的，卻因為森見的關係，不得不喚醒塵封的記憶。

那時我是怎麼說的呢？我是怎麼告訴森見的？

可以肯定的是，我絕對沒有把這又臭又長的故事一股腦地說給她聽。我想我有提到那個叫峮平的男生，畢竟他是一切的開端，除此之外大概也有說起外公和外婆的事，我很想念他們。

「然後呢？」森見問。

她想知道文玥後來怎麼了。

「沒怎麼樣。」

「沒怎麼樣是指？」她看起來有點不耐煩。

「我們已經沒有再聯絡了。我不知道她現在在哪，也不知道她過得如何。」

十八歲那年，發生了許多難以一筆帶過的事。總之，我的體質依然持續影響著身邊的人，一個和我關係不錯的朋友在上學路上出了嚴重的車禍，直屬學弟在社團練習時摔斷了腿，不得不放棄全國性的比賽，就連曾在全班面前表揚過我的老師也因為流感引起氣管的併發症而提早退休。

這些事故發生時，我不是在他們身邊，不然就是不久前才說過話。

簡直就像瘟神一樣。

我知道我沒有辦法等到畢業，早晚這份詛咒也會牽連到我的父母。再說，失去和文玥一起上下學的機會後回家的理由也變得淡薄了。

於是我開始四處尋找打工機會，有時候是加油站、有時是兒童美語補習班，為了避免影響到別人，同一份工作我絕對不會做超過三個月。那時網咖對學生的規範還不如現在那麼嚴格，等打工結束後，我就在網咖包廂裡過夜。

至此，我可說是單方面和那個家斷絕了關係。

「所以文玥就是——」

「差不多就是那時候。」我說。「不過我並不後悔，畢竟我也知道繼續纏著她只會害了她。」

就像外公外婆一樣，我越是重視的人，神明便會用越殘酷的方式玩弄他們的命運。我沒有彆扭到不肯正視對文玥的感情，正因如此，我才有絕對不能再和她產生聯繫的理由。

「反正這就是妳要的答案。只要我這種人還活在世上，就會帶給更多人不幸。」什麼「只要活著就一定有希望」不過是那些活在幸福中的人站在至高位說出口的漂亮話罷了。

這世界上就是存在著注定不幸的人。

所以我才會選擇自殺。

所以我才會發現自己連死都辦不到。

記憶正在凝結成塊。像解不開的毛線球，纏成無數個瘤一般的結。

森見依然保持沉默。明明是潔白整齊的空間，卻讓我不由得想起了網咖那狹小的包廂，昏暗的米色燈光和椅墊上的咖啡漬，掛在頭上的頭罩式耳機替我隔絕了大部分的記憶，唯獨這些印象仍殘留在腦內的某個迴路。我坐在床邊的圓凳上望著窗外，從這裡根本看不見那棵枯樹。

就算我在往後的日子，還是會因為大大小小的理由而進醫院，一切卻都和網咖包廂一樣，我對病房的印象依然停留在六年前的春天。

「貳米先生。」

「怎樣？」

「你手邊有文玥小姐的照片嗎？」

「怎麼可能。」

自殺前我就把手機裡的檔案全部刪光了。再說，我與文玥已經六年不見，期間我換過一次手機，怎麼想都不可能還留有以前的相片。

我反問森見打算做什麼，她沒有回答，而是拿出手機，拇指快速敲著螢幕。

「是她嗎？趙文玥。」

森見將手機遞給我，那是社群網站的搜尋欄，列了所有名為「文玥」的用戶，其中年紀與我相同的只有一位。

當然就是她了。

「嗯。」

照片裡的她穿著蓬袖高領毛衣和半身裙站在觀景台的懸崖邊，身後的海洋一片湛藍。她的肩上掛著一個淡粉色的包包，上面還有兔子造型的吊飾。即使帶著笑容，眼眸中依然帶著和過去無異的憂鬱氣質。

「這是多久之前拍的？」

「兩個月前。直到最近都還有更新，看來她還活著。」

森見斜著眼對我說。

「你可以靠近一點看沒關係，你應該也很好奇吧？好奇她過得怎麼樣、現在在哪裡工作、有沒有對象之類的……」

「不用了，我全都不想知道。」

我只要知道她還活著就夠了。

這些年來我一直克制自己不要和文玥聯絡，甚至連在網路上搜尋她的名字都不行。我發誓要讓彼此成為徹底的陌生人，只有這樣文玥才能倖免於我的厄運。

我知道森見是無心的，但這份堅持輕易被她打破還是讓我感到有些不滿，也許我只是想找個人遷怒，實際上我該怪罪的人依然是自己。

過了六年我仍然沒辦法割捨她，光是看見她的臉我就明白了。

「長得真是漂亮。」森見如自言自語般說道。

「還用妳說。」

我依然喜歡著她。

我閉上眼，深呼吸。微風擾動窗簾，發出沙沙的聲音。就算我對六年後的她只有一秒鐘的印象，過去的點滴卻能憑藉這一秒再被喚醒，不管怎樣都沒辦法將她從我的腦海中抹去。

鐘面的指針已經轉過一圈又一圈。

森見盯著手機，那目不轉睛的樣子告訴我她仍在想著文玥的事。

「我開始後悔把文玥的事告訴妳了，希望妳不要打什麼奇怪的主意。」

「例如？」

「我也不知道。」我只知道多說多錯。

「你不用擔心。」

她停頓了一會兒，呆望著那小小的螢幕。

「文玥小姐和你不一樣，她看起來有在好好過生活。」

我點了點頭，沉默不語。

結果，我沒有接受森見的提議也沒有拒絕她。我告訴她我需要一點時間考慮。

我不會為了三百萬殺死剛認識不久的女孩子，但如果森見執意要死，讓她和我一同陪葬倒也不是太壞的主意。

就像找上世嘉哥他們一樣。我整整昏迷了兩個禮拜，這已經是我最接近死亡的一次，過去每次嘗試，我從未長時間失去過意識，無論身體再痛苦，神明依然會讓我清醒著，好品嘗這份苦楚。

這是不是代表，只要我和其他人一同赴死，就有機會如願呢？我不認為神是真正萬能的，也許祂也有祂的限制。說不定祂想取走其他人的命，卻發現這樣一來就不得不帶上我，於是祂只好賭一把，讓我也有機會來到鬼門前叩關。

這次祂賭贏了，難保下次祂會繼續贏下去。意味著只要我持續嘗試，早晚有一天，骰子也會骰出一點。

當然這些都只是我的猜想。追根究柢，神明的存在與否也是無法論證的問題，我只是憑藉經驗推測可能的結果罷了。

因為不這麼想不行，我不能連懷抱希望的權利都先自己剝奪。

我趴在窗台前，無視醫院的禁令，直接在窗台點起菸來。窗外的枯樹在陽光照耀下，紋路反而變得有點像菸草的殘渣。

六年前的那家醫院位在市中心，而不像這間是在偏僻的重劃區。入口和四線道的三叉路口接壤，街燈照出陰影，褪不去的塵囂依然像菸灰一般瀰漫在窗外的空氣中。

轉眼間，夜空已經一點一點地轉亮，遙遠彼方的山巒間升起了薪火般的光芒。

我不知道該怎麼做才是對的。

直到黎明，我都沒辦法拿定主意。

13

「對了，那袋東西我已經幫妳送過去了。」

「辛苦了。」

來巡房的美苓一發現我掌上的傷，便抓起我的手腕，替我重新包紮。

「你希望我問你傷口是怎麼造成的嗎？」她的口氣一如往常地不悅。

「妳高興就好。」

「不管問不問都沒辦法讓我開心。」

「那就別問了吧。」

昨天在附近便利店新買的菸現在已經在垃圾桶中長眠，扔掉前她還特地灌了水，就算撿起來也不能再抽了。

「抽菸對身體不好。」注意到我的視線遲遲移不開垃圾桶，她說道。「希望你能諒解。」

「如果光靠抽菸便能弄死自己可就輕鬆了。」

「是可以呀……但那也是很久以後的事了，以效率而言太差了。」

「妳也是這麼告訴森見的嗎？」

美苓停下手邊的動作，看著我眨了眨眼睛。我這才想起森見是那女孩的暱稱，護理師未必曉得。

「就是我樓上的房客。」

「我知道。所以，你看了袋子裡面的東西？」

「我沒有那種低級的嗜好，是她自己拿給我看的。」

接下來呢？我思考該從何說起，因為在森見拿出水果刀後的下一刻，她便要我殺了她。

「那她怎麼說？」

「她拜託我殺掉她。」

算了。我心想，反正這位護理師也不是什麼腦筋正常的人。

「嗯……她還活著嗎？」

「妳不會以為我真的下得了手吧？」

「這樣啊。」

看到她露出遺憾的樣子，我還寧願她繼續維持平常的撲克臉。

「所以妳早就知道會發生什麼事，才故意要我把包裹送給森見。」

「林……你都稱呼她森見吧？反正這只是巧合而已，我沒有過問她買水果刀要做什麼，充其量也就是猜到而已。」

「猜到？」

「不久前她也對我說過類似的話，像是在點滴袋裡下毒或是打針時故意造成栓塞，盡是些強人所難的要求。」

她把紗布蓋到我掌心上的傷口，並用力拍了兩下，就好像是故意要弄痛我似地。

「不用這麼麻煩，傷口早就結痂了。」

「我告訴她事情沒有她想得那麼簡單，而且肯定會被人發現。我還有家人要照顧，不能丟掉這份工作，也不可以牽扯上任何麻煩。」

「家人……妳結婚了嗎？」

我欠缺思慮的問題立刻招來她的白眼。

「是我的母親。」她的語氣變得比平時更加冰冷。「我還沒有到需要為此傷腦筋的年齡，也暫時沒有這個打算。」

因為總是戴著口罩，我從來沒有完整看過她的臉，不過年紀應該跟我差不了多少，大概是專科畢業後不久就考上護理師了。

「光是現在的生活就已經夠累人了，我可不想再自討苦吃。」

她的話從我耳裡聽來反而像是在說明自己並非找不到對象，而是工作和家庭讓她沒有時間處理感情問題。

其實我根本沒想那麼多，也不在乎。

但能看見冷若冰川的她露出狼狽的樣子也不壞，至少證明這個人還保有一點人性的溫度。

清了清喉嚨後，美芩繼續說道：「反正我告訴那孩子，我不能接受這個提議，不過會在能力所及的範圍內盡可能達成她的心願。」

「什麼叫能力所及？所以只要動手的人不是妳，森見死了也無所謂？」

「可以這麼說吧。沒辦法幫上她的忙，但如果她執意求死，我不會阻止。」

「妳也對我說過類似的話。」

「我對所有患者一視同仁。難道你希望我把你綁起來，像對待以前的精神病患一樣對付你嗎？」

「其實妳真的可以這麼做。」

就算不是醫生，依然是和病患相處時間最長的人。某方面而言，我認為他們對病患的了解，甚至可能比問診只有五分鐘的醫生要來得深入。

至少到目前為止，發現我企圖的人就只有她和森見而已。

「但這沒有意義。」她繼續說道。「就像把你關在有門禁的房間，你也不會因為關得夠久，病就自然而然好了，不是嗎？」

被她丟在床鋪的患者資料上寫著我的名字，我看見上面的紀錄寫著：「復原狀況良好，情緒穩定。」

「像你這樣麻煩的人以前也出現過，我自認已經盡力了，但這和能不能幫上他們的忙總歸來說還是兩回事。也曾有過在出院前一天笑著跟我們揮手道別，隔天就從月台上跳下去的案例存在。所以你別誤會，我當然希望負責的病患都能康復。」

「是啊，如果妳真的希望我去死，就沒必要替我包紮傷口了。」

她抬起頭，看了我一眼，又回復既往般地面無表情。

「這就是我的工作。」她點點頭。「只是再這樣下去，早晚我也會成為病人。我得先申明我可不是什麼堅強的人，經不起太多挫折，所以既然你那麼想死就去死吧，不要浪費我的時間。」

說完，她再次輕咳兩聲。

「總之，我的看法如何不重要，現在決定權在你身上。除了要你殺掉她外，她還說了什麼？」

「她說報酬是三百萬。」

「真的呀……？」

美苓罕見地睜大了眼睛。我以為森見也對她提過同樣的條件，但從她的反應看來並非如此。

「可能是因為你對她還很陌生，她覺得用錢比較容易說服你。三百萬……的確是筆不小的數目。」

以我過去打工的薪水，一個月也才兩萬五而已，就算不吃不喝，也需要十年才有辦法存到。其實森見根本不需要拜託我，只要開出這個價碼，我相信絕對有人願意為此鋌而走險。

這個社會，從來都不缺乏如我這般的低端人口。

「我倒是很好奇像她這年紀的女孩哪來這麼多錢。」

「那個算是她家人留下的，原本應該是要用來給她治病。」

「所以就是遺產。」

「類似。」

「我說，森見的病到底是怎樣？」

美苓偏著頭，不解地看著我。

「聽她的口氣，說得一副好像已經沒救了的樣子，但既然醫院還有替她安排療程，應該還有希望對吧？」

「原來你是要問這個。」

昨天森見還說了些什麼，但細節我已經忘了，只記得那是個名字很拗口的病。與她相處更久的美苓肯定比我還了解她的狀況，我想透過美苓，確認森見的狀況不如她所想的那麼糟糕。

可是，我並沒有得到預期般的答案。

「看你怎麼解讀了，如果只是讓她比原定的死期多活一天或是一個月，那並不困難，這也是我們現在的目標。但要讓她痊癒是不可能的，她一輩子都會被病痛所折磨，就像詛咒一樣。」

詛咒。

熟悉的字詞傳進我的耳裡。

「所以她才會急著找人把那筆錢送出去嗎？」

「那些錢對她而言還有其他意義，不過不想把錢留在身邊這點是肯定的。金錢對那孩子已經不重要了，哪怕是三千萬或三億，以現階段的技術，都不可能治好她。」

就算有百分之九十九點九的機率會死，那至少也有零點一的機會活下來，但從負責照料她的人那親耳聽見宛如死刑宣告般的話語，這千分之一的機會也被抹滅了。

「我不會慫恿你接受或拒絕她，但站在長期負責照料她的人的立場，還是希望你慎重考慮她的提議。」

「因為妳不想到時候要浪費時間難過。」我模仿她的口氣回道。

就算我對自己的不幸體質隻字未提，但美苓就像是看穿了什麼，瞇起眼對我說道：「因為我相信她選擇您，絕對不是偶然。」

「什麼意思？」

「沒什麼意思，就當作是我的直覺吧。」

她隨意地聳了聳肩，開始整理起推車上的藥材。我識相地沒有再追問，來自掌心的藥水味讓人思緒變得駑鈍。

窗外傳來蟬鳴聲，不久前高掛天頂的烈陽現已傾斜而去。

14

之後的幾天，我都沒有碰到森見。我想她應該都待在房間裡，只是我沒有充足的理由去找她。

期間，美苓依然會準時來巡房，總是匆匆地把例行公事做完後就迅速離開，一句話也不會多說，讓我有點懷念上次那個願意與我長談的她。

負責我的醫師也還是上次那位戴著眼鏡的初老男性。我的復原狀況讓他十分滿意，偶發性的頭痛或暈眩也被他視作暫時性的後遺症，表示不需要特別掛心。

「照這樣下去，應該很快就能出院了。」

他的口吻，彷彿在看一場九局下半的棒球比賽。

「到時候有什麼問題就等到時候再傷腦筋，先把身子照顧好才是最要緊的。」

醫生的話我並未深思，但從他的態度來看，美苓的確把我塑造成一個樂觀積極的病患。

打開手機，今天的新聞依然充斥著與昨天相仿的報導。政客的醜聞、鬧區的交通事故或是某處的殺人事件，同樣的事件，就算發生在幾百公尺外我大概也不會有任何感觸。表面上醫院是關押病人的囚牢，但說不定它其實是在幫助病患從另一個名為社會的牢籠暫時解脫。

只要待在這裡，即使世界末日來臨，都跟我沒有關係。

因為到時我肯定還是死不了。

我如此心想，漫無目的滑著手機，除了不絕於耳的蟬鳴，窗外也只剩下看膩了的風景。

這時，另一頭傳來敲門聲。

美苓總是無視房內的人意願直接走進來，根本不會敲門，所以不是她。

那大概是醫生吧，今天又有檢查嗎？正當我這麼想時，門外傳來模糊的聲音：

「貳米先生。」

是森見。

「進來吧。」我說。

少女推開門，一改先前在病床上穿著睡袍的打扮，她身上套著米白色的便服外套和短裙，那副模樣，看起來就像是路上隨處可見的女高中生。

不同的是，她手上提著一個巨大的手提箱。

「已經三天了。」

「是嗎？」我裝傻。

「考慮的時間也夠久了，我沒有那麼多時間等你，希望你能今天給我答覆。」

我點點頭。這不代表我接受或拒絕，只是純粹告訴她我知道了。

畢竟無論哪個答覆我都說不出口。

——為了三百萬，我會負起責任殺掉妳。

——我無法接受妳的提議，決定讓妳一個人等死。

無論哪個答案都很殘酷。

「隔了好幾天才來找你是有原因的，否則以我的狀況根本不該浪費時間。」

說著，她吃力地將手提箱搬到我的床上，並解開上面的搭扣。

金屬的扣環發出清脆的聲音，我這才看清楚那箱子裡到底都裝了什麼。

「妳還真的拿來了啊……」

一疊又一疊的千元紙鈔塞滿了整個手提箱。

不用說我也知道，這裡面肯定裝著三百萬元的現金。

「我不想被人當騙子，所以我決定把三百萬全部領出來，親自拿到你面前。貳米先生，這樣你應該相信了吧？我是真的能給你這筆錢。」

森見的目光也落在那堆紙鈔上，我呆然地望著床上的三百萬，沒有回話。

她的聲音繼續傳進我的耳中。

「就算是再怎麼不幸的人生，只要有了錢，絕大多數的問題都能解決。即使你沒辦法和文玥小姐再見面，也不代表你就得放棄所有獲得幸福的機會。」

我抬起頭，與她四目相交，接著她瞇起眼睛，露出脆弱的笑容。

「所以我希望貳米先生至少——」

「我說，難道妳的幸福是能用錢買到的嗎？」

我反問道。

「如果真的是這樣，妳幹嘛不想辦法用這堆錢治好妳的病呢？」

那只是一時的氣話。

美苓已經告訴我了，森見的病就是個無解的難題。

但因為我很生氣，明明我把自己的事都告訴森見了，她依然認為這些問題可以用金錢解決。就算三百萬是筆不小的數目，但任何事物一旦用金錢衡量就會顯得廉價。

也許她沒有惡意，但這就是我不許外人觸碰的底線，所以我才用同樣的方式還以顏色。

只是話一說出口我就後悔了。

森見睜著雙眼直直瞪著我，目光彷彿凝聚在我身後的某處，我不知道該用什麼表情面對她。

「貳米先生，你會抽菸吧？」她用低啞的聲音問道。

「怎麼？」

「想跟你借打火機。」

我不疑有他，把扔在枕頭旁的打火機拋給森見。

接著，她點燃火苗，並將火光湊近箱子裡的鈔票。

霎時間，箱裡的紙鈔燃起了星火。

「笨蛋！妳在做什麼！」

我立刻從床上跳起，撲向手提箱。整個箱子連同裡面的鈔票傾瀉落地，發出巨大的悶響。我抓住化成火球的紙鈔，將它拍在地上，火苗被我壓在掌心下，燒灼感刺痛著昨天留下的傷口。掛在頭頂的風扇將散落一地的紙鈔吹得漫天飛舞。

火焰很快就熄滅了。

但短短幾秒鐘，已經足以在那些紙鈔上留下黑褐色的烙印，我不確定這些錢還有沒有辦法用。

森見將打火機扔到床上，淡淡地說：「如果這筆錢對你真的沒有意義，為什麼要阻止我呢？」

「這哪需要什麼理由啊……」

這種場合，任誰見了都無法忽視。

「看來這就是我們之間的差別。」

煙灰讓森見連續咳了好幾聲。她說：「因為你心底認為人生並非毫無希望，所以沒辦法放任這些錢被燒掉。但是對我來說它們一點意義都沒有，就只是一堆廢紙。」

我癱坐在地上，瞪著森見。腦中閃過我們第一次見面時，當時的我也是在那棵樹下如此望著她。

「讓你自殺的理由是不想再傷害重視的人，但這不代表你沒有資格活下去，明明只要你願意活得更自私一點，你可以不要管其他人，不要把別人的不幸都當成是自己的責任就好了……不是嗎？」

她撿起一張掉在床上的紙鈔，就像為了證明給我看，毫不猶豫地將它撕碎。

接著是第二張。

第三張。

第四張、第五張。

夠了。

我抓住她的手，腕上的紅色烙痕一瞬間捉住我的目光。

「到此為止吧。」我說。

「我答應妳，這樣妳滿意了吧？」

「我沒有強迫你。」

「我沒有這樣說。」

「我是要你重覆這句話。」

「妳沒有強迫我，這一切都是我自找的。」

我看見她臉上露出微笑，像是一切如她所願般的滿足。

「不過，妳別誤會了。我不在乎這三百萬，也不可能真的動手殺掉妳，我能做的，頂多就是拖妳一起下水而已。」

如果只是單純殺了她，那我就變得和普通的殺人犯沒兩樣，也不可能躲得了法律制裁。

但要是像跟世嘉哥他們一樣，那我至少還有弄死自己的機會。

我不會殺了森見，我會想辦法帶她一起死。

「沒關係，這筆錢就當作是一種保險，萬一你沒死成的話，它應該能派得上用場。至於其他的，就像當初說的一樣。」

「是啊，就像當初說的一樣。」我繼續說道：「所以我剛才說的那些，請妳別放在心上，那只是我的氣話。我不是真的這麼想。」

「什麼話？比起企鵝你更喜歡北極熊嗎？」

「忘記就算了，反正不是什麼重要的事。」

我總是在做後悔的事。

「是嗎？那麼剛才發生的就都不算數，一切重新來過吧。」

森見踩過地上的紙鈔，在我對面的空床位坐了下來。

「初次見面，請多指教，貳米先生。你可以叫我森見。」

我握住她伸來的右手，觸感僵冷地宛如冰一般。

「嗯，請多指教，森見。另外，那種事情，先不要再做了。」

「什麼事情？」

我指著她的右手腕。

「這個啊……這是好幾個禮拜前的舊傷了。」她若有所思地握住自己的手腕，輕輕點了點頭。血色唯獨在那片肌膚上暈染開來。

「那樣是死不了的。」我說：「所以別再做了。」

「嗯，我相信你。畢竟貳米先生應該早就嘗試過了。」

「知道就好。」

我下意識地扯了扯自己的衣袖，幾年前留下的舊傷已經變成一輩子的疤痕。

「那麼，貳米先生也不要再抽菸了。」

「因為那東西對身體不好？」

「不，我只是單純不喜歡菸味，所以別再抽了。」

我忍住一時湧上的笑意回道：「我會記得的。」

「除此之外貳米先生還有什麼要求嗎？」

「我想知道更多有關妳的事。」

「不好意思，我分不出來這是不是客套話。」

「不是，我是真的想知道。」

這幾天我並不是什麼都沒在想。

不如說我一直都在思考森見的提議。

我的確沒辦法下定決心，但同時我也考慮過接受與不接受的後果。

倘若不接受，我和森見就不會再有任何瓜葛，我依然過著原本那死不了的人生。

但如果我接受了，我就有義務殺死我們兩人。

重點是方法。

「我跟妳說過，我已經試過很多次了。」

「嗯。」

「但真正讓我有過瀕死經驗的，就只有兩次而已。其中一次的結果，就是我被送來這間醫院，昏迷了兩週。」

「另外一次呢？」

「另一次請先讓我賣個關子。總之，我比對這些結果得出幾個結論。」

「什麼結論？」

「和越熟悉的人赴死，成功率越高。」

上次連同我在內，一共有四個人，單論人數比我過去每一次嘗試都還要多，但其他三人都是在網路上認識的陌生人。我們對彼此沒有足夠深入的了解，即使死意堅決，我也不可能對他們的逝去有更深刻的感觸。

我認為差別就在這裡。

我從床頭櫃的抽屜裡翻出筆記本和原子筆，開始列下我至今為止整理出的規則。

必須選擇能確實讓普通人致死的方法。

短期內重複嘗試失敗率較高。

參與人數最好為複數，越多越好。

和自己是否抱持尋死的念頭無關，和其他參與者有關。

參與者最好是自己熟識的人。

「大概是這樣。」

除此之外還有一些細節，例如親人的影響比朋友更嚴重，只是這和我本身沒有關係，所以我沒有多提。

一本正經地把這些毫無根據的推論寫下很蠢，但我的生命本來就像一場鬧劇。

「前面兩點是廢話，比較重要的是後面。」我說。「現在再找其他人加入對妳來說已經有點太晚了，所以只能想辦法從第五點開始努力。」

為了提高成功率，我必須和森見成為朋友。

「所以你才想知道更多有關我的事。」

她想了一下，語帶猶疑地問道：「我可以理解成，我要在這段時間想辦法讓你喜歡上我嗎？」

「妳要這麼想也無所謂。」

我不想潑森見冷水，但我實在不認為自己如今還有喜歡上別人的能力或是權利。

我繼續說道。

「不過就算妳不想說也沒關係，不要忘記我的體質會讓妳光是待在我身邊就有危險，也許在我得逞前妳就先走一步了。」

「不會的。我也希望你能死掉，貳米先生。萬一我真的要死了，我也會努力殺死你的。」

森見微微一笑，用沙啞的聲音低語。不需要我多解釋，她已經明白我的意思。

「所以在你死前，我會盡量讓自己不要死。」

至此，我想我們算是取得共識了。

她要在被病魔殺死前先殺死自己。

而我則必須趕在她死前，殺死我們兩人。

這是屬於我們的賭局。

我並非不重視和她的約定，只是森見遠比我想得還積極。

「那麼明天早上起床後，請到我的房間來。」

在那散落著數千張千元大鈔的房間，她對我如此說道。

「這麼快嗎？」

「因為我的時間不多了。」

真是萬用的理由。

我躺在床上，滑著手機。

雖然答應了她，卻沒有採取任何積極作為，原因是我還不知道該怎麼死。

印象中以前曾在書上看到，剛自殺的人短期內不會再次嘗試，起初我感到不以為然，認為這是取決於個人性格，但現在我明白了，哪怕是死意再堅決的人，都會因為腦筋變得一片空白而無法行動。

我沒有足夠的創意想到更多殺死自己的方式。偏偏過去嘗試的方法都失敗了，這讓我無可避免地加深了對失敗的恐懼。

所以，儘管隔天一早我便起了床，但直到十點半，我依然躺在床上繼續軟爛。不知是哪來的堅持讓我不想立刻跑去她的房間報到。每當我的腦海中浮現一些不切實際的幻想時，一股空虛感就會立刻抑制住這種情緒。

結果，反而是森見先來敲我的房門。

「貳米先生，你還在睡嗎？」

「嗯。」我隨便回了一聲。

「騙人。」

「是騙人沒錯。」

其實我早就換好衣服。雖然不知道她打算找我做什麼，但總不能穿著睡衣見人。聽見門把轉開的聲音與伴隨的腳步聲，我下了床，打算洗把臉回復精神。

結果，當視野來到門邊時，我愣住了。

映入眼簾的，是不久前才留下的鮮銳記憶。

無論是那件毛衣或裙子，甚至是肩上的包包，那名少女的穿著打扮都和照片裡一模一樣。

時間就像暫停了一樣，我的視線留在那許久未見的女孩身上，遲遲無法移開。

「文玥……？」

我開口喚道。

「貳米先生。」

直到森見的聲音將我喚回現實。

「請你看仔細一點，我不是文玥小姐。」

我揉了揉眼睛，才知道自己究竟有多麼膚淺。

眼前的女孩，只不過是穿著和文玥相似的服裝，就讓我不小心錯認為她了。

「你好像很常把我誤認為其他人呢。」

上次因為視線不佳，我也把她誤認成已經死去的茉莉。

不過，那是因為她和茉莉的氣質原本就十分相近。倒是文玥，無論是長相或說話的方式，我都沒辦法從這兩個人身上找到任何共通點。

這並不是指森見的相貌遜色於文玥，相反的，我反而認為森見若不是被關在這間病房裡，她肯定也會成為同儕間談論的對象。

「妳這身打扮是怎麼回事？」

「昨天你說想多了解我，我很感謝你的用心，不過我認為有更直接的方法。」

「妳所謂的方法，就是扮成文玥的樣子嗎？」

她點頭道：「嗯，依照你的理論，只要你能在我身上投入越多感情，我死掉的機會就會越高。比起花時間慢慢培養，結果還不一定會如我們所願，不如直接讓你把對文玥小姐的情感投射到我身上。」

「妳還真是完全不懂人的心思呀。」

先是用三百萬衡量我的幸福，接著又用粗糙的方式試圖複製我抱憾而終的戀情。

「也許我是不懂，但你剛才把我誤認成文玥小姐了。」

「那只是一時眼花。」

何況，我昨天所看見的文玥已經是六年後的她。我對現在的她一無所知，就算森見模仿她的穿著，對我也沒有任何意義。說到底，文玥的外貌也就是個能讓我心生好感的陌生人罷了。

「如果你沒有意見，我打算今天都維持這套穿著。我很少出門，所以沒什麼煩惱衣著的機會，沒想到意外滿有趣的。」

「等等，妳說出門嗎？」

「不然你以為要做什麼？」

「玩桌遊之類的。」

不，倒也不是這麼不正經的答案，如果只是要加深對彼此的了解，單純一起吃飯聊天也行，我完全沒想到要走出醫院。

「妳的身體是能隨便亂跑的狀態嗎？」

「不是吧？」她偏著頭反問，接著又說道：「還是你擔心我突然死掉就拿不到那筆錢了？」

誰在乎啊。

何況她根本沒把那堆錢帶走，現在三百萬安穩地被塞在我的床底下，連美苓都沒有發現。

「如果會擔心的話，這個給你吧。」

她拿下掛在肩上的包包，從裡面拿出一個圓球狀的鑰匙圈。鑰匙圈上面有一個圓形的按鈕，我將拇指指腹放在按鈕上，感覺需要很大的力氣才有辦法把它壓下去。

「這是掛在小學生書包上的那個吧？」

「看起來的確很像。總之你只要按下按鈕，醫院的人就會立刻知道你在哪裡。」

意思是，萬一外出時森見的身體忽然感到不適，她就會透過這個裝置聯絡院方。

原以為她的自由受到限制，但手上會有這種東西，代表醫院也默許她外出。

隨時會死去的人不代表是馬上會死的人，如果強行把她留在醫院裡對她反而是種折磨。

大概是這樣吧。

「還有這個，也請你帶在身上。」

她接著拿出來的，是一把水果刀。

「我拜託美苓再幫我買一把，以防你突然想通了，或是有那方面的衝動。」

「這就不必了。」

我甚至想告訴她別把這種東西扔在那麼有少女情懷的包包裡。

「那就由我收著，要是心血來潮我就會用它劃開你的脖子。」

「妳儘管嘗試。」

結果，她還是沒扔下水果刀，而是默默將它放回包裡。

「話說回來，以前你和文玥小姐都是怎麼約會的？」

看來不僅外形，她連今天的行程都打算複製以前的模式。

但很遺憾，我和文玥根本沒有約會過。我已經說過了，我們並不像一般的情侶經歷過曖昧與告白這些浪漫橋段，直到最後，我也沒有明確向她表達自己的心意。

我們相處的時間，就只有每天上學經過的路線而已。

「別告訴我妳打算繞著學校圍牆散步。」

「光是散步我的體力恐怕就吃不消了。」森見苦笑道。「貳米先生，你覺得水族館跟電影院哪個比較好？我看大家約會好像都會選擇去這些地方浪費錢。」

「妳所謂的『大家』是？」

「小說都這樣寫的。」

我想也是。

「沒有什麼喜不喜歡的，妳想去哪就去哪，就算去湯姆龍陪小孩子在球池裡打滾我也沒意見。」

我唯一的目的，就是盡快拉近和森見的距離，所以沒有拒絕的道理。

「會舉出這種例子的人已經暴露年齡了啦。」

沒有主見的兩人最後只能依靠抽籤解決問題。雀屏中選的是電影院，比起水族館、遊樂園這些需要體力的行程，只需癱坐在椅子上的電影院確實更為理想。

我們離開醫院，在附近的Gogoro站點租了機車。利用手機裡的導航，尋找最近電影院的位置。

那時已過了上班尖峰時刻，路上沒有什麼行車。機車在無人的紅綠燈前停下，我側眼望著堤防上的防洪牆，想像牆外那汙濁的水流和空轉的引擎。

意識到後座的重量便會覺得這種感覺很奇妙。

雖然森見說這是場約會，但我們對彼此沒有情愫，恐怕連好感都稱不上，彷彿只是為了完成「約會」這件事而行動。

紅燈轉成綠燈，我加快速度。坐在後座的她抓著我的衣服，很謹慎地不碰觸到我的身體。

「妳已經想好要看什麼了嗎？」

我隨口問道。

「啊？」

森見好像說了什麼，但因為迎面颳來的風太大，我沒有聽見。

她又報了一次那部電影的名字，可是我完全沒有聽過。

「那是動畫！上禮拜剛上映的動畫！」

「……有必要嗎？卡通應該都很快就下檔了吧。」

「這是臭老頭才有的偏見！」

她用力掐住我的腰，機車一個重心不穩，往一旁剛起步的公車偏去。

聽見刺耳的喇叭轟鳴，我急忙剎車，宛如壓下快門的一瞬間，公車的鐵皮在我眼前掠過。

倘若再晚一秒，大概就會被捲進車底。

再晚一秒。

我的心臟跳得好快。

「哈……」

後座的女孩吐了口氣。

「差一點願望就實現了呢。」

「才第一天而已，妳也太著急了。」

「因為我等不了那麼久嘛。」

類似的語句，總是能在不同場合聽她說出口。

那輛差點殺死她的公車已經駛遠，我思忖著她是不是故意的，但當下我更寧願相信她是真的很想看那部動畫。

我再次轉動油門，這次她將雙手安分地放在我的腰上。

心臟正猛烈地跳動著。

16

結果這間電影院並沒有上映森見提到的那部動畫。

「像這種爛戲院乾脆讓它做不了生意吧。」

看見她把手伸進包包裡，我立刻抓住她的手。

「貳米先生你誤會了，我是要拿水果刀，不是錢包。我並沒有打算付錢。」

「謝謝妳讓我知道我沒有誤會。」

只是來都來了，什麼都不做就打退堂鼓不免覺得有點可惜，再加上我和森見無論成長經歷和興趣都不一樣，很難找到共同話題。看電影已經是我們建立交集最簡單的方式。

我抬起頭盯著售票亭上的時刻表。森見口中的這間爛戲院已經是市內最知名的連鎖電影院，所以近期的熱門強檔幾乎都找得到，追根究柢，完全是森見個人口味太偏門的結果。

由於不喜歡出入公共場所，加上平常根本沒有閒錢看電影，我自己也拿不定主意，只好分別詢問森見的意願。

例如——

「這一部怎麼樣？最近廣告打很兇，說什麼耗資幾億的，而且網路上幾乎一面倒的好評。」

我選的是一部動作片，由於導演熱愛爆破場景與各種大場面，所以往往被人調侃在燃燒經費。

「原來貳米先生是會輕易相信網路評價的人啊？真是庸俗呢。」

「妳不想看可以直說沒關係。」

也許邀請女孩子看動作片是我的不對，那麼文藝取向的呢？我想起來最近有一部知名音樂劇似乎被翻拍成電影了。雖然我對音樂劇一竅不通，直到現在都以為《歌劇魅影》的主角住在鐘樓裡，但這類型的電影就算光聽配樂也值回票價，重點是男主角還長得非常帥氣。

「不好吧，網路上有人說這部片的導演沒看過原著，所以劇情被改得亂七八糟的……」

某人似乎忘記自己幾秒前才說我很庸俗。

「要不然，恐怖片呢？不是血腥暴力那種的，是真的有鬼的。」

「你該不會期待我會因為太害怕所以不小心握住你的手吧？」

「我沒有這種期待。」

是因為我不管說什麼都會被妳否決。

「很遺憾，你的期待並非毫無根據，我確實有可能這麼做。」

我第一次聽到有人用一本正經的口吻掩飾害怕。

「為什麼貳米先生都不選戀愛電影呢？說不定我會想看啊。」

森見說的是占據戲院最大版面廣告，由知名男團女團的C位成員共同主演的催淚系戀愛電影。

由於廣告幾乎是鋪天蓋地地散播在各大網路平台，因此就連我也對故事梗概略知一二。

簡單來說，故事的男主角是個街頭藝人，某天因緣際會下被邀請去醫院擔任小丑醫生，從而結識了久病厭世的女主角……光是看到這裡，除非外星人突然攻擊地球，否則就算是我也猜得到結局。

見我不發一語地瞪著她，森見問道：「怎麼了？」

「妳真的想看這個？」

「不想。」

「那妳問屁。」

我快放棄了。至此，我幾乎把所有我有信心在戲院裡坐滿兩小時的片都問完了，但森見卻沒有一部感興趣。

「不要這麼沮喪嘛，其實我剛剛只是在想像文玥小姐會怎麼回答而已。」

「就跟妳說我們根本沒有約會過了。」

「但你們對女生的印象不都是一下這個不要，一下那個不要的嗎？我只是想讓還原度高一點。」

「全世界只有妳會那麼難搞，不許妳汙辱她。」

森見似乎還沒有完全放棄扮演文玥，她告訴我她想透過這種方式替我彌補過去的遺憾，但在我看來她只是單純把我當猴子耍。

「不然這樣好了，我閉上眼睛隨便指一部，選到哪個就看哪個可以嗎？」

「早就希望妳這麼做了。」

森見閉上眼睛，一隻手指著售票亭上的時刻表晃呀晃地，那動作連我看了都覺得有點孩子氣。

單單看到這副模樣，任誰都無法相信她的人生正在跟死神賽跑。

「丁字丁狗，小貓小狗……」

「我看妳才是上個世紀的活化石吧？」

「尾巴抓住哪一個，嘿！嘿！嘿！」

她睜開眼睛，手指的是一部劇照有著赤裸男女的情慾片，甚至光是宣傳照上就印有大大的十八禁標誌。

我沒有說話，只是瞪著她。

她也沒有說話，原本看著我的雙眸逐漸飄移。

「妳確定？」

她的額頭滲出汗水，而那隻像笨蛋一樣的手依然舉在半空中。

大概僵持五秒，我才看見她的食指逐漸往右偏。

情慾片的隔壁，是一部以小貓為主角，描述一人一貓真摯感情的故事。

「啊，這部看起來不錯，運氣真好，不愧是我。」森見露出燦爛的笑容說。

「是啊，運氣真好。」

看來這趟出門倒也並非毫無收穫，至少我們已經培養出何時該閉嘴的默契了。

我向售票亭的小哥要兩張成人票，順道在一旁的餐飲部買了爆米花和紅茶。用的當然都是森見給我的錢。

因為是平日的關係，電影院根本沒多少人，而這世上更是沒有人會特地請假或翹課，只為了看一部會喵喵叫的電影。起先我並未留意，直到照明熄滅時才發現整間影廳竟然只有我和森見兩個人。

「簡直跟包場一樣。」我說。

「是啊，這就是無業遊民才有的特權。」

「妳還沒到需要煩惱工作的年紀吧？」

「以後也沒機會煩惱了。」森見輕聲笑道。

當下，我第一個念頭是自己又說錯話了，但以我對森見的印象，說出這些話時她恐怕也沒有考慮那麼多。她早就替自己的生命提前判了死刑。

結果，電影開場前的預告片還沒結束，森見又再次出聲。

「嘿。」

「怎麼？」

「難得只有兩個人，什麼都不做會不會有點可惜？」

「如果妳嫌位子太擠可以去前面一點的地方坐。」

我知道她八成又想到了什麼惡作劇，所以故意裝傻。

「不是啦，不是這個意思。」

一股重量突然壓在我大腿上，我低下頭，看見黑暗中正反射著一絲光芒。

「這樣等電影結束，進來打掃的工作人員會嚇一大跳吧。」

「是啊，會心想哪裡來的神經病就連看電影都要帶刀子，而且還忘了拿走。」

「你的意志還真堅決呢，貳米先生。」

「妳才是少開些幼稚的玩笑。」

我告訴森見，在確保我也能一同赴死前我絕對不會殺她。

同樣地，她也不可能殺得死我。

我將水果刀扔到隔壁的座位上去，結果手放回扶手時卻不小心碰到她的手，嚇得她立刻把手抽了回去。

「抱歉，我不是故意的。」

「不，我才是……對不起。」

我不知道森見為什麼要道歉，但也沒有多想。大概只是單純覺得尷尬吧，畢竟她也說了，自己對約會的想像都是從小說得來的，代表現實生活根本沒有過經驗。

不過很快我就知道是我的想法太膚淺了。

「……我的手流了很多汗，所以不希望被人碰到。」

不是因為緊張，而是生病的緣故，森見比常人更容易出汗。

「不然你一定會覺得噁心。」

雖然看不見她的表情，但從她的語氣，此時的她一定正強迫自己扯開笑容。

「妳真是太小看臭男生了。」

說完，我側過身抓住她抽回的手，有些強硬地將她的手壓回自己的手上。起先她似乎對此感到排斥，但沒多久便放棄掙扎，直到我抽回手，她也沒把手心從我的手背上移開。

「這樣當初幹嘛不選恐怖片就好……」

「恭喜妳離死亡又更近了一步。」

森見似乎還想說些什麼，但因為正片已經開始，最後誰也沒開口。

結果電影比我預期的還要有趣。

不，用有趣來形容催淚系的電影總覺得不太妥當，但總之我非常喜歡這部電影。

故事的主角是一位大學生，在學長介紹下搬進了一棟租金便宜的老舊公寓，結果在那裡撿到一隻無人飼養的小貓。由於小貓每天吵鬧，讓青年覺得很麻煩，到處詢問有沒有人願意收養小貓，沒想到好不容易找到有意願的飼主，卻發現除了自己以外沒有人看得見小貓，詢問周圍鄰居，鄰居也說從來沒有聽過貓叫聲……是一個開場有點懸疑氣氛的感人故事。

這年頭除了少年少女阿公阿嬤會變成幽靈，連小貓小狗也獲得這種技能了呀。我不禁感嘆導演的創意總是無窮無盡，也發現自己的淚腺比想像中還脆弱。

明明是沒養過寵物的人，卻意外對小動物沒轍。

不養的原因也很簡單，因為我還不知道自己的體質會不會連同人類以外的動物一起波及。

「還行吧，結尾的翻轉還不錯。」

走出電影院後，我因為外頭的陽光不得不瞇起雙眼。

「貳米先生，你是不是哭了？」

森見指著我的眼睛問道。我伸手抹了抹眼角，發現雙眼已凝出了大滴的淚珠。

「被妳抓到我睡著啦？」

「欸？你也睡著了？我本來還想問你結局小貓到底怎麼了……」

「搞什麼啊，兩個人都睡著不就沒意義了嘛！」

我故作哀嘆地喊道，但就像我的眼淚騙不了人，森見紅腫的雙眼同樣也是。

而且在小貓即將與主角分開的那一幕，她甚至握緊了我的手。直到現在，我彷彿都能感受到自手背傳來的溫度。

「喂，好歹擦一下眼淚吧。」

森見遞給我一條手帕，卻是看著我的手說。

「就跟妳說我沒哭了。」

我知道她依然沒辦法不在意手汗的事，只好逕自地牽起她的手。

「接下來想去哪裡？回去之前還可以喝個下午茶。」

「等、等一下……」

「妳不是想扮演文玥嗎？那我現在告訴妳，以前我們都是一起牽手回家的。」

這是謊言，我和文玥都不是這種人。學生時代的我們，甚至覺得那些走在路上也手牽手的笨蛋情侶很礙事。

不過此時此刻就算招旁人白眼也無所謂。我只希望森見在餘下的日子裡能像一個普通的女孩子般度過、享受普通女孩應有的幸福。

答應成為殺人兇手的我萌生如此想法，或許就是最大的諷刺吧。

隨著和森見外出的次數變多，我逐漸知道了關於她的許多事。

「所以，是什麼時候發現的？」

「遺傳方面的問題小時候就知道了，只是年紀越大毛病越來越多。我這種口氣是不是很像老頭子？」

「所以才說現在的年輕人真是一代不如一代。」

我順著她的玩笑話說下去。不知不覺間手裡的可樂只剩下冰塊了。

「糟糕的是每個醫生說法都不一樣，第一個醫生說沒辦法根治，但可以靠吃藥調養體質，起初我也是這麼想的，等到後來狀況已經變得有點麻煩，一直到高中畢業才因為太痛了，不得不放棄好不容易才考上的大學。」

「現在呢？」

「不要想就不會痛了。」她笑著說。

如果森見沒有患上這莫名其妙的病，她肯定會成為跟我截然不同的人，結交到一群知心好友，正盡情享受充實的大學生活。

除此之外，還有關於她家人的事。

她的父母親在她還小的時候因為車禍過世，幸運的是以她當時的年紀，根本沒有機會難過。這之後一直都是由她的姑姑和姑丈照顧她。

「不過自從被診斷出來有病後，他們就很少過問我的事了。」

「因為治療妳很燒錢吧。沒有健保？」

「健保不給付的藥很多，這樣下去我會害他們家破產的。」

既然是連三百萬都無法解決的問題，那不如打從一開始就裝作不知道比較好。

「問題只有在不得不面對時才存在嘛。」

她揚起臉，瞥了一眼窗外的行人，咳了幾聲後接著問道：「貳米先生呢？大學有趣嗎？」

「不有趣。」

拜這份厄運所賜，我也沒有讀完。

在這個大學生滿街跑的時代，連大學文憑都拿不到的人恐怕連被納入階級金字塔的資格都沒有，但換個角度想，也不會真的有人在意那一張紙的學位。

要我總結而論，大學就是把一群不曾思考過未來的人關起來，強迫他們為自己將來窮緊張的地方。

「這種時候你就算說謊也應該要告訴我大學有多好玩吧？」

「我又不是要負責討好人的那方。」

話雖如此，森見也從來沒有做過刻意討好我的舉動。

我們會去看電影、散步或是坐在書店白看書，做些我們認為朋友甚至是情侶會做的事，但我們都不是有好好過日子的人，朋友或戀人之間是如何相處、該怎麼做，我們完全沒有概念。

就像現在，我們只是毫無目的的在雨天的速食店裡消磨時間。

不該是這樣的。有時候我會這麼想，雖然當初是我主動表示想要多了解她，但總覺得有哪裡不對勁。時間、場所，某個環節出了問題，每當過得太過悠閒時就會懷疑自己是否真的有享樂的餘裕或資格。

「死之前妳有沒有什麼想做的事情？」

森見幾乎想都沒想就回道：「搶銀行。」

「還有呢？」

「搶水族館。」

「有沒有搶劫以外的選項？」

「問這個做什麼？」

「我那天翻了一本封面很藍的書，所以想學書裡的主角，讓妳不要帶著遺憾離開。」

「『我又不是要負責討好人的那方。』」她模仿我的口氣說。

「『以我的狀況根本不該浪費時間。』」於是我也用相同的手段還以顏色。

我們的臉上都浮現了笑容。

「不會喔。」她說。「我不覺得現在是在浪費時間。如果你有想去的地方我都可以跟你去，不然今天就這樣一直待著也很好。」

隔著一層玻璃，窗外的雨聲像霧氣一般朦朧。

「還記得第一次看電影嗎？」

我點點頭。那次我們兩個人都在無人的影廳裡為了一隻小貓哭得跟蠢蛋一樣。

「只要是這個時間啊，不論是在路上的行人，或是坐在速食店裡的人，大多都是和我們一樣的廢物。」

時間是下午兩點鐘，她繼續攪動那杯奶昔。完全沒有控制音量的打算，若不是我特地挑了偏僻的座位，否則這番言論肯定會引來很多人的不滿。

「所以我只在平日出門，我想看看他們的臉，只要知道世界上還有很多人也無事可做，就會讓人心情愉快。」

我環顧四周，店裡固然有翹課打電動的學生，但大多數都是已屆退休年齡的老人。這個年紀如果還要他們朝九晚五地工作，未免也太殘酷。

「我不是指他們喔。」森見托著下巴，和我一起望向同個地方。那裡坐著一個戴著扁帽的老頭，只點了一杯咖啡，正扶著老花眼鏡盯著報紙上的字看。

「因為我不可能活到那個歲數。」

「我知道。」我說。

時間是兩點零一分。

「我再去買杯飲料，你要什麼？」

「跟妳一樣就行了。」

「巴拉刈。」

「買得到隨便妳。」

我將視線從她的背上移開，面前空蕩的座位，只有她留下的粉色包包。只要看見它，我就會想起裡面放著一把水果刀。

我站起身，假裝起來活動身體。實際上是想偷看森見的包包裡除了那把刀以外還有什麼。

結果從縫隙中，除了那抹銀白，我只看見摺疊傘和一本書。依大小判斷，應該不是漫畫，只是一本我提不起興趣的小說。

另外，還有一個塞滿藥錠的透明盒子。

在她回來前，我就先坐回位子上，假裝什麼也沒發生。

「話說，你已經想好方法了嗎？」森見問。

「還沒。要找到一個能確實殺死我的方式不容易。」

「那假設以能死成為前提，你會想挑怎樣的方法去死呢？」

我覺得這問題對我而言太過奢侈了。

但我並不是沒想過，至少在我察覺自己的體質前，我也曾妄想能擁有一個還算體面的結果。

不過，在仔細考慮過後，果然答案還是只有一個——

「我希望能徹底消失。」

「消失？」

「例如在母親剛懷上我，我還只是個單細胞生物時，就不小心流掉。我認為這樣是最好的。」

甚至連母親都不曉得自己曾有孕在身，如此一來她和父親往後的人生就都不會被我影響了。

當然這是不可能的，畢竟我還是死皮賴臉地活了二十四年。不過都說是假設了，那多麼不切實際的妄想都是被允許的吧。

「聽起來真讓人羨慕。」

森見點點頭。

「妳呢？」

「我原本有其他答案，不過聽完你的之後，我也改變心意了。」她說。

「之前也說了，往回推測我生病的原因，八成是爸爸或媽媽其中一方的基因出了問題，這樣只要把壞掉的那一半篩選掉，讓好的那部分跟另一半結合，生下來的我就很健康了。」

「也許兩邊都是壞的呀，再說，這樣生下來的也不會是妳吧？」

「所以要是真有那麼輕鬆就好了呢。」

她的臉上閃過一絲失落，卻又很快再次回復笑容。

「在不考慮造成別人麻煩的狀況下，我一直都覺得跳下月台是很浪漫的死法。」

「浪漫？」我開始想像。「那怎樣都跟浪漫扯不上關係吧？」

高速疾駛的列車迎面而來，我不曉得能否來得及感受到疼痛，但無論是撞上或是被輾過，遺體的狀態肯定都不會多好看。

「內臟會灑得一地都是，四肢也會飛到好遠的地方去喔。」

「妳看過啊？」

「想看嗎？」

她拿出手機，似乎正在搜尋相關的影片。

「不用了，我才剛吃飽。」

「我很喜歡蒐集這類型的影片，看了可以幫助入睡。」

「我不會上當的。」

「說到這個，都沒有看到你在滑手機呢。」
「為什麼我要滑手機？」
她側過頭，眉毛抽動了一下，視線落在我的正後方。
我回過頭。看見一群高中生，彼此間沒有交談，大家都正專注於各自的手機上。
「如果聽我說話很無聊你肯定早就把手機拿出來了吧。」
「喔，因為我的手機沒電了。」
手機也沒有留下什麼有趣的應用程式，至少不會比跟十九歲少女談論死法有趣。
「你真是連一點討人喜歡的話都不肯講耶。」
「奉承一個快死掉的人一點意義也沒有。」
「像這句就不錯。」
「妳的標準也太難抓了。」
如果她能因為我這張爛嘴而稍稍討厭我一點就好了。
但這種反應反而讓我不知如何是好。
「所以妳覺得被火車撞死很浪漫嗎？」
於是我選擇轉移話題。
「因為屍體不是會被撞得破破爛爛的嗎？通常這種情況下找回來的部分都不會是完整的吧？」
有可能腦袋飛到幾十公尺外，或是手掌卡在輪子底下，被拖行了幾公里，最後抹在某一段鐵軌上。

通常這些部分很難找得回來，第一個發現的也往往不是人類。不管是鳥或野狗都好，就算曾是文明社會的一份子，也免不了成為食物鏈的一環。

森見如此說明著。

「你覺得那些沒有找到的部分有沒有可能還活著呢？」

「別說笑了。」

「我沒有開玩笑呀。因為沒有人看見嘛，明明應該是很顯眼的東西卻遲遲沒有被人找到，不覺得這好像是自殺的人為了不要讓真身被找到，於是選擇留下一部分的身體當作障眼法嗎？讓大家看著屍體哭，相信他真的死掉了，實際上一個人正獨自過得逍遙。」

我想像自己被火車輾過後，只剩下斷掉的左手用兩根手指沿著鐵軌走路的模樣，不知怎麼地覺得那模樣實在很可笑。

就算只剩下一隻手，肯定都比我現在這樣子好，至少它還有辦法逗人發笑。我開始認真思考森見的提議。

「鴨子揹著蔥而來。」

「嗯？」

「妳剛剛講的畫面，讓我想起了這句話。」

「這句話的原意跟火車一點關係也沒有喔……」

「那大概是在哪本書上看到的吧。」

「你明明就挺喜歡看書嘛！」

「人總有不得不面對現實的時候。」

我沒辦法再聊更多關於鴨子的話題了。

於是我回去思考火車，雨仍在下著，咖啡聞起來有煤煙的味道。

「不過我還以為妳會很在意自己的死狀。通常越是長得好看的人，越會希望自己死掉時不要太難看。」

說完，我喝了一口咖啡，放下杯子時，發現森見正睜大眼睛盯著我看。

「……剛剛那句話，我只是隨便說說的喔。」

「什麼話？鴨子？」

「算了，不重要。」

「比起企鵝和北極熊，我更喜歡海豹。」

「你在說什麼呀？」

「不用理我。只是覺得妳可以更有自信一點。」

牛頭不對馬嘴的對話，我卻看見她的臉上泛起一陣潮紅。我想她大概又擅自曲解了我的意思，其實我只是單純想起茉莉，赴死的那天，她也費心打扮了一番。

不是為了給別人看，只是因為她喜歡自己漂亮的樣子。

這樣的她，就算跳下月台，肯定也會穿著最喜歡的衣服跳下去吧。

「除了臥軌，我還想過很多方法喔，希望你能參考看看。」

結果，話匣子很輕易就被森見撬開了。在那之後，我們又討論了各種死法，不管是成功率或痛苦程度，都仔細思量了一番。

這種沒水準的話題，大概只會出現在國中生群聚的網路聊天室，不過因為我們都是很認真在策畫該如何殺死自己，所以聊著聊著，反而有種異樣的滿足感。

就算我知道她所提及的方法，沒有一個對我有用也沒關係。

光是有人能陪我聊這個話題就夠了。

因為從來都沒有人會認真和我討論該怎麼死才能死得乾脆、死得漂亮。

時間以不可思議的速度流逝著，轉眼間已經來到了普通人的下班時間。

她掄起包包，捻著我的袖子，我幾乎是被單方面地拖出店外。

「回去就別騎車了，搭公車好嗎？」

「都可以。」

一直以來我們都是依靠租用機車代步。不搭乘大眾運輸工具的理由很簡單，因為我害怕不小心連累到其他人。

可是森見的話卻彷彿擁有讓人無法拒絕的魔力，讓我不停打破心中訂下的規則。

每次當我想要反駁時，腦海中就會有個聲音告訴我她的日子不多了。

那個聲音也告訴我，要盡可能對她好一點。但具體上該怎麼做，我完全沒有頭緒，只能盡量順著她的意，把和她相處的每一天都當作最後一天過。

等時機成熟，我相信我會找到方法帶我們兩人離開。

鴨子會自己揹著蔥來。

確認站牌的位置後，我們走到車站。

每一輛停靠的公車總是在放下一批人後又吞入新的一批人。繁忙的下班時間，大眾運輸工具總是能比想像中還要擁擠。

我們和一群剛從公車下來的學生擦肩而過，人流幾乎要將我們沖散。我伸出手，想抓住她，卻不敢握住她的手，所幸捉住了她的袖口。看見我神經質地從人群中逃出來，她笑了，並展示差點被我拉壞的袖子給我看。

我向她道歉，卻讓她笑得更開心了，她手腕上的傷似乎淡了許多，剩下幾道淺淺的疤，看起來和午睡時壓出來的痕跡沒有什麼不同。

前一站是黃昏市場，大多數的座位都已經被人占去，至少沒有能讓我們坐一起的空位。我告訴森見我可以站在她旁邊，不過她大概是覺得這樣說話很麻煩，便索性陪我一起靠在逃生口旁的輪椅位上。

我望向窗外，並沒有什麼值得留意的景物。由於車體要張貼廣告的緣故，因此窗戶上至少有一半的面積被細小的黑點占去。

森見放棄的位子很快就被其他乘客填滿。

我將頭頂的空調打開，同時注意到車內的廣告，除了政府的稅務文宣外，還有某部電影的宣傳。

上車的人比下車的人還多，途經幾座捷運站後這種狀況變得越來越嚴重，原本我們還能保持著讓彼此都感到舒適的距離，但在前方乘客的擠壓下，森見也不得不往我的方向靠攏。

我刻意別過頭去，強迫自己繼續盯著窗外無聊的風景，實際上是瞪著安全門看。公車內的說話聲在恍惚間提高許多，每個人都帶有跟陌生人較勁的意味，知道如果不扯開嗓門，聲音很快就會被其他人蓋過去。

和車來車往的大馬路只有一扇門的距離，我一邊研究打開安全門的方法，一邊思考此時如果開門，後方來車剎車不及的機率有多高。

下班時間，每一輛車都載著歸心似箭的人們。

「嘿。」

與我相貼著手臂的少女輕聲喚道。

「今天還開心嗎？」

「嗯。」我說。

「那就好。」

我沒有回頭，看不見她的表情。

為什麼剛才不直接牽住她的手就好了呢？

我的腦中還殘存著幾分鐘前的記憶。

明明第一次約會就厚顏無恥地牽起她的手，為什麼剛才那種情況反而退縮了呢？

我和森見不是那種關係，我也沒辦法對她萌生愛戀般的情感，所以根本沒什麼好害羞的。

我並不後悔，只是不懂。

我不知道自己為什麼不這麼做。

18

從日暮到入夜，沿途的商家紛紛點亮了霓虹招牌。依循大眾路線的結果，就是可以慢慢追逐窗外景色的變化。

過了幾個站後，空位變得比人還多，到達醫院時，公車上已經沒剩下多少乘客。我按了下車鈴，坐在博愛座上的老人正在調整只戴一半的口罩，我們的目光不經意地交會後，他又一臉無趣地繼續抓他的口罩。

「現在幾點了？」我向森見問道。

「快八點。」她說。

從起點站坐到終點站，再加上雨勢造成的塞車時間。這趟旅途遠比我想得漫長。

「別擔心，醫院沒有門禁，再晚都無所謂。」

「美苓可不是這樣說的。」

「你太在意別人的看法了。」

「妳才是太我行我素。」

我們一邊拌嘴，一邊走下路面。在候車亭目送公車，直到它消失在下一個路口的轉角。

白天時看起來冰冷呆板的院區大樓到了晚上反而讓人稍稍感覺到了溫度。並非所有捷徑都是最佳解答。這次腦中響起的是某首曲子的歌詞。

我們穿過自動門，向值班的櫃台人員打了招呼。空蕩蕩的大廳只有一些接受安養照護的年老病患，他們正仰頭望著電視機，不時對那個近來陷入黑金醜聞的政治人物發表評論。

「明天見，貳米先生。」

「嗯，明天見。」

送森見回房後，我來到醫院的地下一樓。大部分餐廳已經過了最後收單時間，只剩下二十四小時營業的便利商店能光顧。我拿了第二件六折的罐裝咖啡後便回到五樓，在電梯間的長椅上隨便挑了個位子坐下。

不知是不是因為促銷品的緣故，流進喉嚨裡的咖啡淡得讓人只能想起廉價香料的味道。我赫然想起，下午時才喝過速食店的卡布奇諾，而且為了在位子上待久一點還續了好幾杯，會覺得膩也是理所當然的。

如果這時候有什麼東西能替我把嘴裡的澀味沖掉就好了。我一邊想，手無意識地伸向口袋，但裡面什麼都沒有。

「勸你還是盡快改掉這壞習慣好。」

循著聲音的方向望過去，看見一個穿著T恤和牛仔短褲的女生朝我走來，T恤上印著「工作，就會敗北」的字樣。

「晚安。」

我舉起手邊的咖啡向她致意。

「森見呢？」美苓問。

「已經回房間了。」

「喔。」

她將手上的塑膠袋放到我身旁的矮桌上，並在矮桌的另一邊坐了下來。

「妳下班了？」

「……不要問這種跟『妳剪頭髮了？』一樣的問題。」

「對不起。」

「那個好喝嗎？」她指著桌上的咖啡問道。

「難喝。」

「那跟我換吧。」她從袋裡拿出兩罐啤酒，將其中一罐遞給我。「第二件六折，但我一個人喝不完。」

「妳被商人的行銷手段騙了啊。」

「是是是，您可說得對極了。」

我們拉開啤酒的拉環，象徵性地碰撞彼此的罐身。

「規定上醫院是禁止菸酒的對吧。」

「不要被發現就好了。」

說完，她將嘴巴往杯緣湊去，我也不甘示弱地灌了一大口。口裡的澀味被帶走了，留下啤酒花的苦味。

「你和那孩子幾乎每天都出門呢。」

她一邊說，一邊撕開三角飯糰的包裝。

「好像是這樣沒錯。」我回道。

「都去了哪裡？」

「沒去哪裡。平常的時候就去街上閒晃，偶爾會去餵流浪貓，今天則是在速食店泡了一整天。怎麼？」

「沒怎麼，隨便問問。」

她拍掉腿上的海苔屑，繼續說道：「我只是不知道你們在想什麼。」

「我常常也有這種感覺。」

「也許你會覺得我多管閒事，但我勸你最好不要陷得太深。」

我再怎麼愚蠢，也沒有遲鈍到聽不出美苓的意思。

「事情不是妳想的那樣。反正森見的提議，我接受了。」

「嗯？」她眨了眨眼睛。

「所以為了讓她和我都能實現心願，我現在每天都會陪她出去玩。」

「我聽不懂這之間的邏輯。」

聽不懂也是理所當然的，關於我的體質，我還沒有對森見以外的人說過；我自殺時現場留下的疑點，美苓也從未追究。

「解釋起來有點複雜，我不想浪費妳的下班時間。家裡還有人在等妳吧？」

「不用那麼早回去也沒關係的。」她將最後一口飯糰吃掉。「現在是我的休息時間，我想怎麼做都隨我高興。」

「好吧，那我再問妳一個問題。妳喝醉了嗎？」

「這只是一罐啤酒喔，酒精濃度不到百分之四呢。」

她的臉頰看起來非常紅潤。

於是我把曾經對森見說過的故事再轉述給她聽，只是這次省略得更為精簡，小學不愉快的回憶我沒有著墨太多，文玥的事情我更是隻字未提。

我並不是為了博取同情，也不是想沖刷掉內心的罪惡感，害死外公的人是我，讓朋友出車禍的人也是我。我想轉達的，就只有我死不了，以及厄運會連累身邊的人，這兩件事而已。

「那時候和我一起被送到醫院的不是還有一個高中生嗎？到院時他還活著吧？」

「好像是這樣。」

「我常覺得都是因為我的緣故，他才沒能活下來。」

「你想太多了，少自以為是，憑什麼別人的生命要被你影響啊？」

「哈哈，說得也是，憑什麼呢？我也很想知道啊。」

她瞥了我一眼，繼續說道。

「但如果你說的都是真的，像你這種人渣還是死掉比較好。」

「是吧。」我露出苦笑。

所以我才會那麼努力想拉近和森見的距離。

「就連現在，我們一起喝酒，妳說不定都會被嘴巴裡的飯糰噎死。」

「已經吞下去了啦。」她從袋裡拿出一塊巧克力蛋糕。「現在是快樂甜點時間。」

「那大概會肥死。」

「別老說些煞風景的話。」她將蛋糕切成兩半，稍稍推往我的方向。「死之前一定拖你下地獄。」

「酒量差就少碰酒精。」

「閉嘴。」

她雙手掩面，揉了揉眼睛說：「我其實不喜歡酒精的味道，只是這樣比較容易忘記事情。」

例如？也許我該這麼問，但我卻選擇沉默，吃著她分享的巧克力蛋糕。

「接下來呢？」她問。「你會殺了她還是等她死掉？」

「我會找機會把我們都殺了。」

「來得及嗎？」

我聳了聳肩。無論是森見的身體狀況，或是我的厄運，這些都不是我能控制的。所以我才會感到如此矛盾。

「我是指出院的事。」她說。「你還沒告訴她吧？再過幾天你就要出院了。」

「還沒。」

今天早上出門前，我就收到出院通知，也簽了證明書。其實以我的狀況早就可以自主申請出院，只是一直拖到現在才被趕出來。

「不打算說？」

「說不說都無所謂。」

在醫院和森見相處的日子剩不到兩天，但這不代表我再也見不到森見。除了返家後的定期追蹤檢查外，我一樣能以友人的身分來探望森見。

只是相處的時間會被壓縮而已，並不是什麼大不了的事。

「等我這邊準備完後，會把她帶離醫院再動手。」

「因為不想給我添麻煩？」

「大概吧。」

「這倒是無所謂了。」她撥了撥自己垂到睫毛前的瀏海。「知道你的事後，我反而覺得不該要求那麼多。當第五名就很棒了。」

「那還真是謝了。」

「不客氣。」

她的嘴角泛起笑意，目光也不像平時的她那麼尖銳，雖然只有短短一瞬，但我還是看見了那幾乎不曾出現過的溫柔表情。

「想再喝一點嗎？」她舉起幾近空了的鋁罐問。

「真的不急著回去？」

「現在是休息時間。」她說。「而且不是每天都有第二件六折。」

是呢。我想。

19

夏至過後，天氣變得更加炎熱。

在距離醫院走路不到五分鐘的距離，有一片堆著許多廢棄鋼材的空地。依稀記得曾聽醫院裡的老頭子說過，那片空地原本要給人蓋養老院，但不知道為什麼，從好幾年前就擱置到現在。

結果空地依然是空地，沒有一個老人住進去，倒是成了流浪動物的居所。

森見蹲在鐵皮搭起來的棚子下，一隻小貓正窩在她腳邊吃著罐頭。

路邊隨處可見的三花流浪貓，還沒有名字。

以後應該也不會有。

這陣子負責照料牠的人不想替牠取名，理由有很多個。

其中一個是不想擺出人類高高在上的態度。

也不想跟流浪貓裝熟。

此外，要是以後見不到彼此，取名就沒有意義了。

她不會每天都來找貓，貓也不會為了她而刻意在棚子下等。

誰也不想為誰負責。

「貳米先生。」

距離他們幾公尺外的我，正坐在突出地面的鋼板椿上。太陽把鋼材烤得炙熱，就像是待在三溫暖的房間一樣，汗水不停流進眼眶裡。

「貳米先生，能請你過來一下嗎？」

我邊咕噥邊站起身。腳下的砂土地已經畫出好幾個鞋印。

「你摸摸看牠的肚子。」森見撫著小貓的背，小貓立刻翻得四腳朝天扭來扭去。

那動作比起貓更讓人聯想到狗。

「你怕被牠抓嗎？」可能是因為我一直沒有伸手，森見問。

「倒不是。」

「還是擔心你的體質也會影響到動物？」

「這我就不知道了。」

以前家裡沒有養過寵物，我也不是會主動親近動物的人，厄運會不會影響到動物，我完全不曉得。

「沒事的，你沒有你想像中那麼厲害。都已經過了兩個多禮拜，我不是還活得好好的嗎？」

我彎下腰，輕輕把手貼在貓的肚子上。小貓沒有抗拒，就算有，牠也沒表現出來，一副無所謂的樣子讓我的手隨意在牠腹部游走。

「有摸到嗎？」

「好像有一塊凸凸的。」

「喵——」小貓發出叫聲。

「你覺得是什麼？」

「不知道。」我聳肩，其實我根本什麼也沒摸著。「也許是小孩。」

「是嗎？我以為是腫瘤。」

「那大概是腫瘤吧。」

「妳要帶牠去給獸醫看嗎？」

「我也在猶豫。」

她沉默了一會，我把手從小貓肚子上移開。

「如果我什麼都不做，就這樣裝作沒看見，你會怎麼想？」

我心想這是什麼怪問題。

「沒怎麼想。這樣也無所謂，也許是妳想太多了，這隻貓只是剛吃飽。」

「那要是腫瘤呢？你覺得我該帶牠去看醫生嗎？」

「我不知道，看妳想不想吧。」

「我不想。」

那就算了吧。我對森見的決定沒有意見，雖然我也知道這是不對的，假設這隻貓生病了，那就該嘗試為牠做點什麼，而不是放著讓牠等死。

但也沒有人說過為什麼就非得這麼做。

換成是我，大概會努力說服自己，那裡面藏著一窩小貓，而不是腫瘤，我應該要對即將到來的新生命感到喜悅，而不是在這窮緊張。

小貓又滾了一圈，沾在牠身上的泥土很快就被撣掉了。

「不過要是妳改變主意了，隨時聯絡我。我載妳們去最近的獸醫院。」

「這不是理所當然嗎？」

森見沒有駕照，能騎車的人只有我。所以一直以來我都是負責載人的那方。

但我想說的不是這個。

森見再次回過頭，仰望著我。她聽出我的意思了。

「我明天就要出院了。」

「是喔。」

「別擔心，我還是能來找妳。單純因為沒事了，醫院不讓我繼續住下去。」

「我以為只要有錢就能在這待一輩子。」

「我一開始也是這麼認為的。」

大概是當初評估時出了什麼問題，這幾個禮拜，我隔壁的床位一直都是空的，每天來看診的病患也遠比那些設立在都心的老舊醫院要少得多。我想起那些常聚在大廳看電視的老人，他們讓我以為這間醫院的主要財源並非問診治病。每個待在裡面的人，都像是身體裡的某個部件生鏽了，維持著與外界不同頻率的步調生活。

「所以放在我房間那三百萬，妳先拿回去吧。等承諾兌現後，我再來拿。」

「到時候你還有辦法來拿嗎？」

她揚起一邊的臉頰笑道。「我不在乎喔⋯⋯就算你現在把錢全部帶走也無所謂，我相信你不會忘記我們的約定。」

「是不會。」我說。「但就算出老千也不能在遊戲結束之前把籌碼拿走，這是我的堅持。」

戶頭裡還有打工留下來的微薄存款，負擔房租和基本的開銷是沒有問題的，儘管撐不了半年——甚至連三個月都沒辦法，但正是來自現實的壓力，才能提醒我時間不多了。

我還沒有找到合適的方式。

每次與森見分手，我都在尋找能殺死自己的方法，可是每當我將計畫詳實地記錄下來時，腦中總有個聲音告訴我，這次又會迎來失敗。

單純失敗不是什麼大問題，但森見不像我，她只有一次機會。我不能讓死神扔下我的同時又帶走她。這不公平。

「反正妳有我的電話，出不出院其實沒什麼差別。」

幾分鐘前我才說過類似的話，卻像是要確認什麼事情般又重複了一次。

「我待在家裡也沒事做，只要妳連絡，我都能去醫院陪妳。」

「嗯。」

「探病時間從早上八點到晚上十點，這段期間都沒問題。」

「我知道呀。」

森見的表情一直很平靜，我說話的速度卻在不自覺間變得越來越快。

也許我才是感到不情願的那方。

森見撿起小貓面前的空罐頭，小貓睜著水汪汪的眼睛望著她。

我們在幾公尺外的公共垃圾桶把空罐扔掉，並沿著坡道往醫院的方向走去。馬路的對面是一座公車亭，空蕩的無人車站在行道樹蔭下籠罩於一片陰暗的灰色中。左手邊是一整面鐵皮構築的圍牆，上面掛著許多白色的盆栽，因為疏於照顧，裡面只剩下泥土與枯枝。

已經看不見小貓了。

我赫然想起，森見也從未跟小貓道別過。

20

這陣子的換洗衣物和盥洗用具，全部被我一股腦地塞到量販店提供的塑膠袋裡。就算已經事先洗過，那堆衣服依然沾染著來自醫院的潮濕氣味，在蟬鳴響徹的悶熱路上，味道變得更加鮮明。

我將塑膠袋放到機車的踏墊上，越過停在醫院門口的救護車，透過後照鏡，灰白色的建築變得越來越渺小。

「下次見，貳米先生。」

昨天分手前，森見對我說道。

不是「明天見」而是「下次見」。

儘管一切一如往常，卻也並非一成不變。

今天我們沒有見面，森見也沒有理由特地來送我。我認為這是幾個禮拜下來，我們之間養成的默契。

一路疾馳，直到看見那些層層堆疊的老舊建築物我才放慢速度。幾個禮拜沒回來，租屋處附近的環境似乎又比以前更髒亂，水溝蓋上的垃圾袋和牆角的檳榔汁，眼前盡是讓人感到不快的事物。

我將機車擱在路口，提著塑膠袋爬上公寓的樓梯，住房的門深鎖著，老式的紅漆鐵門因為鏽蝕而變得像瘡疤一樣難看。

把塞在門縫的繳款單扔進塑膠袋裡後，我插入鑰匙，打開房門，回到熟悉的三坪空間。相較各項設備完善的病房，這棟採光不良的小公寓反而更像是間囚室。

我的筆電還安穩地躺在茶几上，踢到牆角的棉被也像那天離開時捲成一團。除了多覆上一層灰以外，整間房依然如空殼一樣。

為了洗去越發浮躁的心情，我打開水龍頭，沖了把臉，順道拿起手邊的抹布，把茶几和地上的灰塵擦掉。

外頭傳來有人走上階梯的腳步聲。

緊隨而至的，是鐵門的敲擊聲。

「不好意思。」老式公寓的電鈴已經壞了，我聽到站在外頭的男人喊道，雖然是屬於年輕人的聲音卻相當沉穩。

會這麼巧嗎？在我踏進門沒多久後剛好有人來訪。我在腦中快速瀏覽了一遍訪客名單，卻一個可能的人選都沒有。

我打開門，一個大約三十歲左右的男人出現在面前。穿著毫無辨識性的素色衣，肩上掛著一個斜背包。

「是墨先生嗎？墨祉然先生。」

久違聽見自己的名字只讓我覺得拗口，而且還是來自初次見面的陌生人口中。

「有什麼事嗎？」

「你的身體已經不要緊了嗎？」男人說話時還有意無意地把視線往我的身後放，我猜他是在確認房間裡有沒有其他人在。

「嗯，已經沒事了。」

「那就好。」男人堆起了嘴邊的笑容，接著將口袋裡的皮夾塞到我面前。

「有些問題想請教。」他說。「能稍微耽誤你一點時間嗎？」

紅底金邊的警察服務證和八角形的警徽，一直以來都只能在電視劇上看見，如今親眼出現在面前，反而有種超自然的怪異感。

「如果現在不方便也沒關係，我可以改日再來拜訪。要是希望有人能在旁協助也沒問題——」

「不用了。」我打斷警察的話。「會這麼說就代表我被盯上了吧。」

「這只是固定流程，不管是誰我們都會尊重對象的意願，所以不用感到不自在。」他將警徽收起，笑容中夾雜幾分無奈。「敝姓陳，你也可以叫我小陳。」

還真是一點特色都沒有的綽號啊，這世界上恐怕有十萬個姓陳的警察了，我在心中如此感嘆，但警察的工作，說不定本來就不該讓人留下任何印象。

「進來吧。」我說。「記得脫鞋。」

狹小的空間扣除衛浴設備幾乎沒有能招待訪客的地方。小陳警察迅速地環顧一輪三坪房後，便在擺著筆電的茶几前盤腿而坐。

「一個人住嗎？還在唸書？」

「已經沒唸了，靠打工混日子。要水嗎？」

「不了，我這有。」他從包包裡取出一罐瓶裝茶，接著又像想到什麼似地，拿出一包便利商店常見的豆乾。

「來一點？」

「不用了，我不餓。」

我在想這會不會是某種固定的流程，要警察在問話前先降低對方的戒心，但也有可能純粹是這名警察喜歡吃豆干罷了。

比起這種故意營造起來的鬆懈氣氛，我更希望他趕快把要問的問題問完。

「只有你嗎？我以為警察都是兩兩一組的。」我問道，並起身走到流理檯前，我感覺得到他的視線緊緊黏在我的背上。

「規定上當然是不行，但那就是規定。不瞞你說，現在也不是我執勤的時間。」

那你來做什麼？

從流理臺的小窗望去，可以看到停在樓下的一排機車。其中有個比他年紀大上一輪的中年人正坐在機車上滑手機。我把差點脫口而出的話吞回肚裡。

瓦斯爐沒能點著，只好改用一旁的熱水器燒水。

「你不看電視？」等待時，小陳問道。

「我有筆電。」

「也是。那看新聞嗎？」

「偶爾會看，不過關於我們的事，已經沒人報導了。」

「正常。」

我聽見寶特瓶擠壓的聲音。

「那新聞是怎麼講的，你還記得？」

「集體自殺案吧。」

我將水杯放到茶几上，他抬起頭望著我一會兒後，才用低沉的聲音說：「也給我一杯好了。」

於是我又拿了一個杯子，替他倒了水。

「據說你們是透過網路認識的。冒昧請問，你是否還記得當初是誰提議的？」

「不是誰提的，只是單純大家都想著一樣的事情罷了。」

「是這樣啊。」

警察從背包裡拿出掌心大小的筆記本，裡面夾著三張裁成身分證大小的照片，要我確認他們是不是世嘉哥、茉莉和小陽。

我不懂這麼做的意義何在，但還是點了點頭。

「沒有其他人了？我是說，有沒有可能有人指使你們這麼做？」

「為什麼這樣問？」

「只是確認一下而已。」

「如果你是想弄清楚我手腳被綁起來的原因，那沒什麼好奇怪的。這是我請那個高中生做的，不是被誰威脅。」

警察困窘地盯著我，抽了抽鼻子。

我繼續說道：「因為不這樣不行。雖然就結果而言，我還是失敗了。不過這案子沒有你們想像得那麼複雜，就只是單純的自殺案件。」

「失敗是指……沒能死成嗎？」

我點點頭。

他再次確認手上的筆記本。

接著，用不帶感情的口吻將至今警方的調查結果統整了一遍。

包含促成我們四人認識彼此的網路論壇，以及世嘉哥租車的車行，到後來相約自殺的計畫。

就像在對答案一樣，他同時也在試探我會不會說謊。

很遺憾，我沒有說謊的理由，而且除了過於瑣碎的細節外，警察所掌握的情報幾乎沒有錯。

「大致上，想找你確認的就是這些事而已。」

「嗯。」

「有沒有和你知道的有出入？」

「沒有。」

「全部？」

「除了背後有主使者存在的假設外，其他全部都跟你們調查的一樣。」

「我明白了。」

他將筆記本收回袋子裡，接著舉起水杯，但在杯緣靠近嘴巴前又把杯子放下。

「畢竟我是承辦這案子的人，事發後的那些新聞我也都有看。說實在，我一向對他們這種隨意掀人隱私的行為很反感。」

他說的「他們」是指那些媒體人。

「說什麼活下來的人很幸運。不過真的是這樣子嗎？追根究柢，這個問題只有你最清楚，對吧？」

一改方才死板的語氣，他的表情也緩和了不少。問訊結束了嗎？看來是這樣，那剩下的就只是普通的閒聊了吧。

於是我也嘆了口氣。

「我也搞不懂。都說是自殺了，怎麼還會恭喜失敗的人呢？這些傢伙到底有沒有搞清楚狀況啊。」

「確實是這樣沒錯。」

他擠出生硬的笑容，從地板上站起身。

「介意我開窗戶嗎？」

「請便。這間房子的通風本來就不好。」

他將沾滿灰塵的窗戶推開，背對著我說。

「大概是工作的關係，我一直覺得我的直覺很準。誰有嫌疑、誰是清白的，就算決定權不在我身上，不過有時候憑著感覺追下去，通常最後結果也八九不離十。」

接著他轉過身，搔了搔後腦勺笑著說：「實際上只是小時候刑偵片看多了。如果上頭問你為什麼這麼想，你告訴他是直覺，那肯定被電到飛天。」

我隨便點頭應和。

「所以除了我以外的人，他們大多還是相信有其他人摻了進來。畢竟發現你時不僅手腳被捆綁，還倒在被反鎖的車門外。」

「這就是你來找我的原因嗎？」

「是啊。」他縮起下巴。「我在想，如果這兩個疑點解決了，那這案子就沒什麼好糾結的了。」

因為就只是單純的集體自殺案。

「我知道了。」

這次換我起身離開茶几。

「倒在車外的原因我也不知道，不過把手腳綁起來的理由倒是可以告訴你。」

我走到瓦斯爐旁。

從他進門那一刻，身上揮之不去的菸味就一併被他帶了進來。過去我身上也沾染這股氣味，想必那時的我同樣渾然不覺。

「嘿。」

我看著他的眼睛，問道。

「能先借個火嗎？」

反正肯定又是一如往常的結果。

「謝謝。」

我接過他拋來的打火機。

「我真的覺得很倒楣。」我老實承認。「為什麼除了我以外的人都能輕輕鬆鬆就死掉，只有我被留下來，我真的搞不懂。」

「自殺的成功率本來就沒大眾所想的高啊。」

「不，這和那無關。這是我自己的問題。」

「你的問題？」

「簡單來說，不管怎樣，我都死不了。」

「什麼——」

他又抽了一次鼻子。

突然間，他的臉色劇變。

已經夠了。

我想那味道總算濃烈到無法忽視的程度了。

火沒能點著，而從我轉開開關的那刻起，瓦斯就不停透過爐灶洩漏著。

接下來只需要一個火苗。

一個火苗，照理來說就能結束一切。

指腹摩擦轉輪，壓下點火鐘。

警察驚愕地朝我奔來。

第一次，火光沒有顯現。

第二次，仍然沒有。

第三次、第四次……無論我壓下多少次，火光都沒有顯現。

已經來不及了。

我被撲倒在地上，手裡的打火機飛了出去。「幹什麼東西！」他朝我大吼，我的手被反扣在背上，男人的重量傾瀉在我身上，讓我無法動彈。

隨後，重量消失了，我聽到瓦斯閥轉動的聲音。一股力量踹著我，將我一路拖行到公寓門外。

「你瘋了嗎！」

樓梯間，他揺著我的衣領說。「知道自己在幹什麼嗎？」

「證明給你看而已，告訴你我為什麼還活著……」

我沒有掙扎，連反抗的力氣都提不起，來自頸部的壓力阻斷我的思考。

幾秒鐘後，他鬆開手，像洩了氣的皮球一樣癱坐在門邊，大口地喘著氣。

「神經病……」他喃喃說著。「想死也別拖其他人下水，整棟樓不是只有你一個人住。」

「死不了的。」我說。

「就是因為我知道普通的方法死不了，所以才請那個高中生把我綁起來。現在你明白了嗎？」

警察困惑地看著我，視線裡依然夾雜著幾分鄙視。光是意識到那股視線的存在，就讓我有種近乎窒息的感覺。

我壓抑著內心奔騰的情緒，低聲說道：「所以叫你的同事別想那麼多了。如果當初這四個人全都死了，這案子根本沒有調查的必要，一切都只是因為我還活著。」

「說什麼死不了……你的腦子沒問題吧？」

「信不信隨便你，反正這就是我的理由。我已經試過好多次了，但不管怎樣就是死不了。」

「……別把我們當白癡。」

汗水在他的臉上凝結，好一陣子，我們兩個人都沒有再開口。

當他再次出聲時，房門裡的瓦斯已經完全散去。

「跑這一趟，我是想聽到更正經的答案，不是來聽你瞎扯些有的沒的。」

「像是什麼？」

「現在才說已經太遲了。」

他嘴裡呢喃著我聽不見的話。

無論問幾次都一樣，已經無所謂了。

「像這案子，是繞了點路沒錯，但至少證明我的直覺是對的。我那時就在想，要是能跟你碰上面，我該說些什麼，不是跟這件事有關的，我想知道那些不會寫在報告書上的事情。」

「例如讓我們尋死的理由。」

「我覺得得弄清楚這件事，案子才真正算是結了。我不喜歡這種不明不白的感覺，就算是自殺也一樣，總有理由讓你們做出這種決定，是吧？」

他抹去額頭上的汗水。

「結果你告訴我的卻是這什麼狗屁……？你真的覺得有人會相信嗎？拜託，我沒打算害你，我只是想知道有什麼我能幫得上忙的地方。」

「你真的是連續劇看太多了。」

「少囉嗦。」

「我住院時認識一個個性惡劣的護理師，她告訴我『要死就快去死，沒人攔著你』」

「這是哪門子的白衣天使？」

「誰說白衣是天使的專利了？比起你，和那種人相處更讓我自在。」

就算離開醫院，我的目標仍然沒有改變。

我只是還在尋找方法。

透過一次又一次的失敗堆疊，最終能讓我如願的方法。

剛剛那一刻，我內心深處還是祈禱著能成功的。儘管會牽連無辜的警察，但若是能終結我的命運，世上就再也不會有人受我的噩運牽連。

相較起來，與森見的約定似乎也顯得不是那麼重要了。

「喂。」我輕喊出聲。

「怎樣？」

「我說，事情不會那麼簡單吧？因為只有我活下來，所以所有責任都會跑到還活著的人身上，是嗎？法律上是怎麼形容的？」

「加工自殺吧，你要問的應該是這個。」

對，就是這個詞。當我活下來的時候，就注定要背負這個罪名了。

只是待在醫院的那段時間讓我暫時不必面對，但這不代表我能逃一輩子。

「得進去蹲多久？」我繼續問道。

「少說一年，但這牽扯了三條人命，所以……」他彈了彈舌根，聳肩道。

「這樣啊。」

「不過，實際狀況如何很複雜，並不是說因為只有你生還，所以你就得肩負起全部的罪責……至少以目前的狀況，還有一些細節需要釐清。」

「還有什麼好釐清的？我倒在車外的事就當作是偶然，除此之外沒有任何疑點了，真的就是我們四個人約好要一起自殺而已。」

「偶然？」他僵著笑容說：「那剛才你點不著打火機，不也是偶然？別往臉上貼金了，我們不吃這套。」

已經說明到這種程度了，我知道這位警察和森見或是美苓不一樣，他是歸屬於「不可能相信」的那類人。

所以無論我怎麼做都是徒勞，不可能得到他的理解。這也沒有關係，不如說，這才是正常人的反應。

「那接下來你打算怎麼做？什麼時候替我上銬？」我問道。

「今天只是來向你確認這幾件事而已，其他都還是得照規定來。再說，你真正需要的是幫助，你需要跟人談談。」

「跟誰談？精神科醫師？」

「或許吧，我不知道，反正就是能幫得了你的人。」

「你在講廢話。」

「因為你真的病得不輕，墨先生。我甚至覺得我應該趁現在，趁我們還能正常說話時把你帶回局裡……天知道我走後你還會幹出什麼蠢事。這不是為了你，是為了跟你同住一棟公寓的其他住戶安全，明白嗎？」

「我什麼都不會幹的，放心吧，已經夠了。」

他帶著懷疑的目光盯著我，再度嘆息。

我起身，朝坐在一旁的他伸出手。

「我發誓，如果真的要幹我早就幹了，不用特地拉你陪葬。我跟人約好了，不會這麼快死。」

他遲疑了一下，最後還是選擇握住我的手。我們都明白這是個奇怪的舉動，但如果不這麼做信任就無法建立、對話就無法結束。

我們步下樓梯，就像是普通地送訪客回去一樣，我在鐵門前的階梯駐足。剛才坐在椅子上滑手機的中年人已經不見了，整條巷子除了我們，誰也不在。

這十幾公尺的路程，已經足夠讓我們重新整理情緒。

「過幾天，警方這邊會聯絡你。」小陳警察說。「今天找你確認的事情，會再請你說明一次，到時候就麻煩了。」

「你剛才問我的那些不是都寫在筆記本上了？那些沒辦法用嗎？」

「因為現在不是我的勤務時間。」他硬是擠出苦哈哈地笑容。「墨先生，我沒有騙你，我真的是一個人來的。」

「辛苦了，造成你的麻煩，很抱歉。」

「如果真的覺得抱歉，就拜託你也別唬我。別再去幹傻事了，我說真的，一定有什麼方法的，冷靜點好好想一想，別往死巷子裡鑽，肯定會有辦法……」

似乎本來還想說些什麼，但句子的最後幾個字卻化成了沒有意義的氣音。

「算了，我真的不知道該怎麼對付你們這種人。這些話你肯定都聽膩了吧，但我想說的就是這些了。」

他抹了抹額頭，然後撕下筆記本的一頁，遞給我。

「這是我的電話，如果有什麼需要，隨時聯絡我，那麼先告辭了。」

剛見面時那精悍的形象已不存在，取而代之的，是男人微微弓著身體的背影留在我的瞳孔中。

我久久佇立在石階上，祈禱時間能就此暫停，但拐進巷內的風卻像是在催促它流逝，一點一滴地，就跟發條機關一樣。

歸根究柢，我和森見也沒有什麼不同，只是我遲遲沒有去面對而已。

我的時間也不多了。

22

即使回到家，我和森見依然會依靠通訊軟體繼續白天未完的話題。

我不是很好的聊天對象，但森見大概也沒有對我抱持多大的期望，就像我們見面時一樣，話題總是由她開啟，再讓她隨心所欲地結束。

聊天的內容也很廣泛。

在沒有人陪同的狀況下她沒辦法獨自出門，所以最常出現的話題是被關在病房的日常牢騷，而為了緩解漫長又無聊的囚徒生活，森見也會向我推薦她最近看的書或喜歡的曲子。

「這世界上竟然有人不知道KISS。貳米先生，你的見識之淺薄總是能讓我驚訝。」

「我知道啊，只是沒跟人做過而已。」

「那是樂團名稱，你這笨蔭瓜。」

「名字聽起來很抒情。」我坐在電腦前搜尋著，心想如果合胃口就要把它加入晚上助眠的循環歌單裡。

「哦，對，當然。」

和一個沒有閱讀嗜好的人聊書就是對牛彈琴，不過音樂倒是沒問題，我很需要一些能幫助入睡的樂曲，尤其是在警察來訪過後。

一旦少了森見，少了談話的對象，我就會像睡鼠一樣把時間都葬送在睡眠上。

其實以前也過著差不多的生活，只是那時還得為了活下去而傷腦筋。去除每天打工的時間，餘下十幾個小時我也一直都在被褥裡度過。工作辭掉後少了消磨時間的藉口，我才明白沒有興趣是多可怕的一件事。

與她度過的這段時間已經成為一種麻藥，尤其在我返家獨居後，每次道別，藥效退去的不適感就變得更加強烈。

「對了，妳說今天有檢查吧。結果如何？」我敲擊鍵盤，隨後按下發送鍵。結果只得到了「還能怎樣？」的答覆。

如前述，就算我們幾乎無話不談，但森見卻很討厭提起她的病情。身體的狀況，沒有人會比本人還清楚，她展現的態度，就是一副說了也無濟於事的樣子。

「比起那個，你呢？你今天好像很累的樣子。」

「我們今天沒有見面吧。」

「從你的語氣感覺得出來。」

「打字看得出語氣喔？」

「所以你才真該多看點書。」

挖苦我已經成為她日常休閒的一部分。

大概也是因為這樣，我有時會忘記她不久人世的事實。

我的手指放在鍵盤上，快速敲打著。

因為警察——

不。

我將打到一半的句子刪掉，改成：「妳想太多了。明天醫院那邊有安排嗎？」

「沒有，又是慢慢等死的一天。所以再陪我去一個地方吧。」

「這次要去哪裡？」

「大學。」

「妳不是高中畢業就沒讀了嗎？」

「差不多。我沒有去上過幾次課，所以不能算是有唸大學。照你的標準，大概就是連和別人站在同一個起跑線上資格都沒有的人。」

「我沒有這麼說。」

「但你好像是這麼看待自己的吧。」

這是兩回事，我不會用同樣的標準去檢視別人。本想如此辯解，但又覺得解釋了也沒意義，所以我沒有再多說。

隔天，我騎機車去醫院接森見。

她依然穿著不符合她喜好的亮色系服裝。我知道她仍然沒有放棄扮演文玥。起初我還會對此感到心情複雜，現在倒是無所謂了。

「走吧。」

「嗯。」

她跨上我的機車。已經不會有最初的那種彆扭了，我習慣後座的重量，習慣被人扶著腰的感覺。

越接近學校，路上就越來越多和森見年紀相仿的大學生。高中和大學最大的差別是對時間的敏銳度會變得遲鈍，這是反覆上演的日常，幾年前我也過著差不多的生活，騎著這台用學生專案買的便宜機車，為了去上些不知道對人生有什麼幫助的課，每天來回往返四十分鐘的車程。

受不了一成不變生活的人往往也是做事只有三分鐘熱度的人，一心只想著脫離現在環境，但不是缺乏對未來的想像不然就是抱持著不實際的願景，到頭來才發現正是自己親手葬送了人生。

「所以，妳本來是讀什麼的？」

「中文系。」

真是一個完全不讓人意外的答案。

「因為妳喜歡看書吧。」

「那是其中一個原因。與其說喜歡看書，不如說喜歡『故事』這種東西。」

「故事？」

「不一定要是書，漫畫或電影也可以，最好是已經完結的。」

我們沿著校區的紅磚路走著，和許多揹著書包的學生擦肩而過。若不是有森見和我聊天，我肯定會立刻被無法融入環境的不安所擊垮。

「我曾想過在死前應該準備點什麼東西留給後世的人。」

「例如錢嗎？」

我開玩笑地說道，卻被她嚴肅反駁：「才不是呢！」

「不是這麼無聊的東西，但也沒有多了不起，不一定要對這個社會有實質幫助也無所謂。反正，我想留下點什麼，至少讓人沒辦法輕易把我忘掉。」

「像是小說或畫作之類的？」

「差不多。」

自從發病後，人生有許多時間都得在病床上度過，對她而言，無論是畫畫或寫作都是最好消磨時間的方式。

「不過我畫得很糟，而且我想說的故事又很長，所以很快我就放棄用畫的了。」

她說她曾經看過記者採訪一個寫了幾十本小說的大學教授。

當記者問起教授：「為什麼您當初會選擇寫作呢？」的時候，教授說：「因為這是只要有一枝筆就能賺錢的工作。」

沒有任何門檻，任何人都辦得到的事。

但也因為毫無門檻，一百個人腦內可能充斥著一千個不同的故事，所以要打動別人更顯得不易。

相較作畫，書寫的優劣界線顯得更加模糊，不如說講述故事其實就是個尋求他人認同的過程。

活在孤島的人要怎麼與人建立起聯繫呢？

「這世上也有那種出了很多書卻連一個死忠讀者都沒有的作者。」

「那也太悲哀了。」

「但不管是寫作或是畫畫，還是有許多人義無反顧地繼續做下去。」

「熱情早晚會有消磨殆盡的一天。」

「幸好我有信心絕對等不到那一天來臨。」

只是不要被遺忘的手段。

既然如此，那就必須有讀者才行。

我告訴森見如果她有什麼作品的話可以讓我看看，卻被她斷然拒絕。

「這都是以前的想法了。現在我沒有時間浪費在那種事情上。」

「妳該不會是害羞了吧？」

「……沒這回事。」

她加快速度，刻意與我拉開距離。匆忙的步伐，讓迎面而來的人都必須替她讓出一條路來。

我盡可能不去在意周遭人的視線，跟在她身後。雖然她始終沒有停下腳步，但我們卻一直維持著固定的距離。

直到走進某間校舍，她才回過頭確認我是否有好好跟上。

23

「這時間我本來應該在裡面上課的。」森見說。

大學的好處就是無論講師或同學都不會在乎你是否出席，就算有外系的人來旁聽也無所謂。我和森見進了教室，挑上最後一排的位子，一想到這可能是人生最後一次上課，那這五十分鐘說什麼也得專心聆聽才行。

這個想法大概只持續了三分鐘。

因為半途加入課程的我根本聽不懂教授在說什麼，所以很快便失去興趣，轉而關注一些無關緊要的事，例如哪個傢伙在打瞌睡，誰又在玩手機，即便我已經不是學生了，但看到這些不認真的傢伙總是讓人產生莫名的安心感。

不管是企業家或政治家，那些在社會上有所成就的人總喜歡說自己把每天都當作人生最後一天在過，如此才能珍惜每分每秒。在我聽來，只覺得這是漂亮的場面話。人是很容易產生倦怠的生物，無論經歷了多少波瀾，最後也會對這些風浪感到麻痺。

不過這也就只是口頭上抱怨罷了，我其實不討厭待在教室的感覺，至少現在不討厭。就像前往教學樓的路上，只因為不再是孤單一人心情就有截然不同的感受。

如果要列一個順序，排列最讓我懷念的校園時光，那肯定是從小學一路排到大學，畢竟我所有殘存的愉快回憶都是在童年時發生的。

照理來說，越是新綠的記憶應該要感到越加清晰，但回首高中到大學的幾年，簡直和白紙沒有兩樣。

「這些學生裡有妳認識的人嗎？」趁教授轉身去寫黑板時我低聲問道。

森見環視了一遍教室，用同樣細微的音量回了聲「有一點點印象。」

「下課後要不要去打聲招呼？」

「你認真？」

「為什麼不？」

「我可是沒上過幾堂課就休學的人喔。你會記得你吃過多少片麵包嗎？」

「這句話不是這樣用的。」

我並沒有想太多，只是單純認為以森見的個性肯定能很輕鬆和人打成一片，我甚至覺得就算休學了，大家也不可能會忘記他們有那麼一個性格強烈的同學。

「那你要陪我嗎？」

「不了，我在這邊等著笑妳就好。」

「去死吧。」她輕輕搥了我的手臂。

下課後，她主動接近那群從上課時就一直在交頭接耳的學生，而我也很老實地坐在位子上觀察他們的一舉一動。從我的角度看不見森見的臉也聽不見他們的聲音，不過卻能看到其中幾個人的表情。

森見八成把我一起拖下水了，因為其中幾個人還刻意挪動身體盯著我的方向看。這讓我很緊張，我不確定她是怎麼向他們介紹我的，但從未在乎過儀容的我，腦中第一個浮現的念頭卻是整理自己的髮型。

真是愚蠢到無以復加。

當然，我只是不想扯森見後腿，我知道那傢伙如果能過上正常的人生，肯定單憑一張臉蛋就能在同儕間吃得開，上天就是如此地不公平，我自知沒有這種能力，那至少當我待在她身邊時，也不要顯得太突兀。

我打了個呵欠，正以為談話會很漫長時，森見便帶著笑容回來了。

「如何？」

「他們好像覺得你是路上的流浪漢。」

「真是謝謝妳費心，可惜我不重要。我是問妳。」

「果然還是忘了。」

她手插著腰，臉上的笑容依然沒有退卻。

「我告訴他們我已經好久沒來上課了，他們卻好像把我跟某個轉系生誤會了，但這也是沒辦法的事，我們只有剛開學時見過幾次，甚至也沒說幾句話，都已經過一年多了，不可能有人記得的。大學和高中不一樣，大家都是維持著小團體的模式行動，所以我——」

「已經可以了，森見。」

我已經後悔了。

「嗯。」

她像把肺裡的空氣全部傾倒出來般，深深地嘆了口氣。

「反正也在預料之中。」

「那妳大可直接拒絕我的。」

「可能是因為我也想證明給你看吧。」她說。

「這就是我說的，想被人記住的理由。」

我們走出教室時，仍然能感受到那群學生的視線，只是我不知道他們是在看我還是森見。

我猶豫是否該說些安慰人的漂亮話，腦中卻組織不出合適的語句。這的確是我的錯，如果不是我無聊慫恿她，森見也不會感到難受，但這不就是我原本的目的嗎？提升自殺成功率的方法，就是讓她抱持著明確赴死的意念。

所以我希望森見難過、痛苦、悲傷，最好能吸納世上一切的苦楚，如此她就能安心地陪我一同赴死。

透過這麼輕鬆的手段，就能讓她理解自己的人生已經徹底偏離正軌，再也沒有人會惦記她，簡直再好不過。

明明我應該這麼想的。

但我的心卻無法因此感到舒坦。

回去的路上，我告訴森見我休學前最後一次分組報告是自己一個人完成的，理由是因為我聯絡不到其他兩名組員。

「結果他們告訴我他們去拔牙了，兩個人同時去。」

那兩個傢伙消失了整整一個禮拜，換言之這顆牙齒要花七天的時間才能拔掉。

很顯然他們根本沒有打算認真想一個能搪塞的藉口。

「然後呢？」森見問。

「我把寫好的講稿分一段給他們唸，最後三個人都拿到剛好及格的分數。」

「你也不是真的那麼不負責任嘛。」

「換作是妳妳也會認命的。」

之後不久，我就休學了。那大概是我大學裡唯一一次想認真做好某件事，理由是因為沒有人做。

那件事成了兩年來我唯一想得起的回憶。

我想透過這個故事傳達什麼訊息給森見呢？答案我也不知道。

「才不會。」她說。

「我比較像你那個牙齒拔不下來的同學。」

也許我只是單純希望說個笑話，逗她開心而已。

我沒辦法傷害她，可能我根本傷害不了任何人。

「只不過我會想一個更好的藉口，而且絕對不會讓你發現……」

「妳還需要更多藉口嗎？」

「誰知道呢。」

我們並肩往道路彼端的轉彎處前行。

在那裡，公車亭下的長板凳，一群學生正在靜待遠方的公車駛來。

直到其中一個揹著粉色包包的女孩不經意地轉過頭來，正好與我對上眼。

兩雙眼睛交換視線的時間可能連一秒都不到，但我的視野卻開始扭曲，全身的肌肉像是被石化一樣無法動彈。森見的聲音像隔著一層薄膜般不停傳來，我一個字也聽不進去。

我只注意到那個女孩的眼神。那是我最為熟悉的眼神，好幾年的時間我一直都只注視著她。

一定是因為我擅自打破了誓言，隨著塵封的記憶一點一滴地流出，我內心深處的渴望悄悄促成了這段邂逅。

我的命運始終都被神明玩弄著。

24

機車緊跟在那輛剛駛離的公車後，為了配合它的速度，我們已經被後方的來車按好幾次喇叭了。

可是沒辦法，只有這件事，我絕對沒辦法退讓。

我一定要透過肉眼親自確認才行。

「貳米先生，你該不會又看錯了吧？」

身後傳來森見的聲音。

「再怎麼說文玥小姐都不可能……」

我也無法相信文玥正好和森見就讀同一所大學。

不過只要機率不為零，事情就有可能發生。

或者說，有某種力量會促成它發生。

這種例子我見過太多了。

「森見，妳有辦法查到文玥現在住在哪裡嗎？」

「抱歉我沒有這麼厲害。」森見說：「而且我記得你說過不想再知道任何有關文玥小姐的事。」

是啊，我的確說過。

我也一直以為我會繼續堅持下去。

但從那天在病房看到文玥的照片後，我的心就產生了動搖。

而這份心情在返家後變得最為強烈。

我沒有告訴森見警察來訪的事，所以她還不知道我是個即將被定罪的罪人。

我只是在想，在我成為一個真正的罪犯前，如果能再見文玥一面那該有多好。

就算不需要跟她說上話也無所謂，不如說彼此間還是不要有任何瓜葛最好。我只要看到她活生生地出現在我面前就行了。

只是想確認她沒事。

只是想知道她過得很好。

所以當神明在毫無預警的情況下安排我與她見面時，我的腦袋甚至無法思考。誠如我看見她的相片一樣，見到她本人之後，所有的矜持更是被摧毀殆盡。

五分鐘前的公車站，我和她相遇了。

候車亭的她，打扮又和照片裡不一樣。依然是同樣不符季節的長袖外衣，卻穿著牛仔褲，加上一頂棒球帽，蓋住了長長的瀏海。

包包上的兔子吊飾隨著她踏上公車晃蕩，那雙黑手套格外醒目。

我很確信她肯定也注意到我了，但不知道是不是因為沒有認出我的關係，沒能讓她留步。

這讓我也忍不住懷疑是否是自己看走眼。

所以我才想追上她搭乘的那班公車，想確認那個女孩是不是文玥。不管過了多少年、無論過了多久，只要讓我看清楚她的臉龐，我一定都能認出她的。

形似文玥的少女在集合住宅站下車。

我立刻將機車停到路邊，無視那裡的紅線，抓著森見緊跟在文玥身後。

維持著數十公尺的距離，僅僅是讓她的背影不會消失在視野中而已。

我知道這樣的行為和跟蹤沒兩樣，可是我沒有向她搭話的勇氣，我也不認為該這麼做。

她站在斑馬線前，等待紅燈。我和森見躲在騎樓的柱子旁，文玥的側臉看起來既熟悉又陌生。

我想起小時候的回憶，我和她一起眺望著斑馬線的彼端，雙方都在試探彼此的距離。我甚至曾抱持著幼稚的想法，認為先開口的一方就輸了，實際上我有很多話想跟文玥聊。回顧童年時的種種，果然從以前我就不擅長面對自己的感情。

穿過馬路後，文玥走進人煙稀少的小巷，那條巷子和我現在的住處很像，都是沒辦法讓人欣羨的老舊環境。

六年不見，我不知道文玥是否還住在我舊家那，也許她搬家了，搬到這附近來。但可能是因為對她的印象還留在過往的千金小姐，直覺告訴我她不會住在這麼寒酸的地方。

愚蠢，多麼的愚蠢呀。內心的急躁與不安讓我加快腳步。我們之間的距離忽然拉近了許多，以至於我只要一出聲她很可能就會聽見。

就到此為止吧？別再靠近了。無視腦中傳來的聲音，我和森見站在轉角處，慢慢等待。

接著，聽見鐵門被打開的聲音。

我知道這是信號，便走了出去。

眼前出現的，有別於普通民宅，而是一間隱藏在巷弄間的幼稚園。隔著鐵柵欄門，甚至能看見裡面有孩童正在嬉戲。

「文玥小姐在這裡工作嗎？」森見問。

我搖搖頭。「不知道，我已經六年沒見過她了。」

「接下來呢？要進去找她嗎？」

「怎麼可能，我只是想確認她是不是文玥而已。」我說。「先在這邊等看看吧，也許她待會就會出現了。」

「嗯。」

雖然說要等，但也不可能真的站在幼稚園門口前，那只會被園方當作可疑人物。

可惜神明顯然連喘息的機會都不願給我。

就在我和森見轉身打算找個能暫時歇腳的地方時，一個人影從轉角出現。

她身上仍然穿著同樣的衣服，只是胸前多了一件圍裙，掛在肩上的包包不見了，取而代之的是手上正提著一包垃圾袋。

一切來得措手不及，明知道我根本不該跟她見面的。

但看到她的面龐，還是讓我鬆了一口氣。

這次我真的沒有看錯了。

「文玥。」

我出聲輕喚她的名字，甚至連絲毫遲疑都沒有。

就算不該再有所牽扯，可是在與她面對面的當下，所有的理智終究還是在情感前潰堤。

也是在那個瞬間，我意識到文玥果然還記得我。

縱使時隔數年，我們的外貌或多或少都有一些改變，但她依然沒有忘記我。

我想聽聽她的聲音。想聽她喊我的名字。

只要這樣就夠了。只要這樣我就滿足了。

即便往後的人生我們再無交集都無所謂。

我只要知道她還沒有忘掉我就夠了。

但文玥的反應，卻完全超乎我的預期——

「你們還在啊。」

既沒有喊我的名字，臉上的表情也沒有任何變化。

從她的雙眼，我看不出任何情緒。那對瞳孔，看起來無比空洞。

明明認出了我，卻猶如對待陌生人一樣。

但當下的我根本沒能察覺這些徵兆，光是聽見文玥的聲音就已經讓我十分開心，甚至連過去到底是為了什麼而堅持到現在都忘了。

「文玥，是我。」我指著自己，再次向她確認。「墨祉然，妳還記得嗎？」

她點了點頭，說：「從我下公車之後就感覺到一直有人跟著我了。」

「對不起。」

「沒關係。」

她的反應平淡到不可思議的程度，甚至連多說一句話的力氣都沒有。

不過，我還是寧願相信她跟我一樣，只是太久沒見到對方，一時不知該用什麼情緒面對。

於是我只好再次開口。

「已經好久不見了。」

「是啊。」

「我有事情所以去那間學校一趟，我沒有在那裡讀書，只是因為有事。沒想到會看見妳，一開始以為是別人，所以想確認，然後妳就上了公車。」我感到語無倫次，連自己在說什麼都不曉得了。

但文玥沒有顯現不耐煩的樣子，至少除了些許的倦容外，我沒有從她的臉龐上讀出任何不快。

「從那之後……六年了……吧？」

「嗯，六年。」

「妳現在在這裡工作嗎？」

我們同時仰望幼稚園的招牌。

「算是吧，學校實習的一環。」

「實習？」

「是啊，因為是讀幼兒教育，所以在這邊的工作也和學分有關係。」

「幼兒教育呀，那照顧小孩肯定很辛苦吧。」

「不會，我其實還滿擅長跟小朋友相處的。當然也有力不從心的時候，但大多數的時間都滿愉快的。」

「真了不起。」

我只是一昧地想延續話題，卻又不知道該如何回應才適當，所以只能給出這些空洞沒有意義的答覆。

在寒暄過後，文玥的視線瞟向手裡的垃圾袋。

「不好意思。因為我還有工作，所以……」

「啊……」

不行。

還不可以結束。

好不容易我才跟妳見上一面，不能就這麼讓一切再次畫上句點。

「妳什麼時候下班呢？」我拚命擠出這句話。

因為已經顧不了那麼多了。

不停打破過去所訂立的約束，甚至忘了當初主動離開文玥的原因。

每當我一想到那天警察所說的話，就會覺得自己無比悲哀，讓我想要在死前替自己再爭取些什麼。

她眨了眨眼睛，望著我。

「已經很久不見了，所以我還想跟妳多說點話。聊一聊……」

聊什麼？我還沒想到。

聽見我的邀約，文玥輕咬下唇，看起來有點猶豫。

「如果今天不方便的話，改天也沒關係。」

「就今天吧……」她看了一眼森見。「我也有話想跟你說。」

光是得到她的答覆，我便覺得曾經被我捨棄的一切又有了重回身邊的機會。洋溢在胸口的暖意讓我沒辦法冷靜思考，以致我完全沒有顧慮到文玥的心情。當時的她，到底是抱持著什麼樣的想法才決定赴約的呢？

說不定連被我晾在一旁的森見都發現了，只是沒有人願意把我從美夢中喚醒。

為了等文玥下班，我們在餐廳附近的咖啡館找了兩個空位消磨時間。

「當初你還很堅持，甚至連文玥小姐的事情都不敢打聽。結果一碰到她倒是變得很主動呢。」森見笑著說。

「可能我也有想要了結的心願吧。」

死是一回事，真正驅使我行動的恐怕是警察的來訪。我總覺得一旦自己被定罪，就再也沒有資格和文玥談話，所以在這之前無論如何都得跟她見上一面才行。

當然這都只是事後分析所找的藉口，實際上只要牽扯到文玥的事我根本沒辦法理性應對。

「不過，你不怕你的體質影響到她嗎？」

「說不定詛咒的效力已經沒有過去那麼強了。」

「不只主動還變得很樂觀呢。」

「妳想想看，這段期間妳幾乎都跟我混在一起，但妳也沒碰到什麼意外吧？」

「說不定我天生免疫呀。」

「真有那麼簡單就好了呢。」

我們面對著咖啡館的落地窗，眺望著晚上預計要用餐的餐館。外頭下起了毛毛雨，平常惱人的雨花，這時看起來反倒有些浪漫。

「妳就讓我相信是詛咒的效力衰退了吧。」我說：「不然我就必須承認我是個自私鬼了，不惜冒著讓文玥受傷的風險也要跟她見面。」

「自私也沒什麼不好不是嗎？我反倒覺得你一直都太在意周遭人的想法了。」

「別誇我了。」

「我不是在誇你，你這蠢蛋。」

我笑了出聲，覺得對我惡言相向的森見也非常可愛。

這肯定就是套上了濾鏡的世界吧。

早知會有今天的巧遇，我應該在穿著打扮上更費心點才是。

就算只是單純聊天而已，也不能讓文玥發現我現在過得如此落魄。

把桌上的瑪奇朵喝完後，森見起身準備離開。

「那我先回去了，要是有什麼消息再Line我吧。」

我拉住她的手。

「等一下，妳不用走也沒關係吧？」

「呃，不過我留下來跟你們一起吃飯不是很奇怪嗎？要是被文玥小姐誤會，你也會覺得很困擾吧？」

「如果誤會的話剛剛就已經誤會了。再說我們已經不是過去那種關係了，我相信她根本不在乎。」

「我不這麼認為……」

不過，在我苦苦哀求下，森見還是回到了位子上。雖然不肯和我們同桌，至少她願意留下。光是這樣就已經幫了我大忙，獨自面對文玥讓我十分緊張，但如果有熟人在附近會讓心情緩和不少。

「貳米先生，雖然我說你很在意周圍人的想法，不過你的思路好像又跟正常人有點不太一樣呢。」

「不一樣就不一樣，妳儘管取笑我吧。」

「這實在沒什麼好笑的。」

她露出複雜的表情，低著頭不再多說。

雨下得更大了。

幸好餐廳只相隔一個馬路。我們比約定的時間還提早十分鐘離開咖啡廳，並裝成陌生人各自走進餐廳裡，如此一來森見就不會與我們同桌。

「一直以來都讓你請客。今天這頓就算我的吧。」

我們都被安排到靠窗的位置，森見就坐在我的隔壁桌，像背靠背的形式，只相距一個沙發墊不到的距離，所以我說什麼她都能聽見。

「用不著，你只要專心討好文玥小姐就行了。」

我將手機放在桌上，每隔幾秒就忍不住確認時間。

還記得文玥告訴我，她也有話想對我說。雨水打在柏油路面上，反射出粼粼的光芒，就像凝結的流冰，漂浮在深沉的海洋。

然後，我看見文玥的身影出現在店門口。

我向她打招呼。她露出苦笑，說工作的關係所以每次都很難抓下班時間，我告訴她不用放在心上。

「照顧小孩本來就很不容易，辛苦了。」

世上大概沒有比這更廉價的客套了，而且聽起來還很自以為是，明明我根本沒有照看過小孩不是嗎？

入座後，點了餐。原本我想可以藉由文玥現在的工作了解她這幾年的近況，不過在我開口前，文玥就先一步說道：「明明過了那麼多年，你看起來卻沒什麼變呢。」

「所以妳其實也早就認出我了。」

「是啊，只是以為一時眼花，所以才沒有出聲。」

「要是認錯的話很尷尬吧。」我發出乾巴巴的笑聲。「我也是喔。我根本沒有想到會在那裡遇見妳，不覺得命運還真是不可思議嗎？」

「嗯。」

「而且妳也變了不少，跟以前不太一樣了。」

「哦？那是變得怎樣呀？」

「以前很可愛，現在則是變漂亮了。」

「你說話的方式倒是變了不少呢。」

「只有今天而已，平常的我可不是這樣的。」

平常的那面，我絕對不會展現在妳面前。

在妳面前，我只想讓妳看見好的那一面。

結果，錯失了一開始的機會，話題開始轉向我們兩人的童年。文玥和我一樣，小學同學的音訊一個也不曉得，本來我們就都是沒有朋友的人，自然也不可能會跟昔日同窗還有所交集。

我們聊的內容，無非就是一些過去的瑣事。例如打掃時間發生的蠢事，或是關於校慶園遊會的回憶，話題沒有任何方向性，只是漫無目的的隨口閒聊。

然而，隱約中我也察覺，文玥一直避而不談那段一起上下學的時光。明明那才是填補我們童年最深刻的記憶，但在她的口中，這段過去彷彿憑空消失了一樣。

也許她是覺得如今再提起很害羞吧。

我是這麼堅信著。

「不過那時的祉然真的很溫柔喔。」她說。

「是嗎？」

「我被分到你們那一組時，你常常會故意拋話題給我吧？」

「啊，妳喜歡北極熊嘛。」

「其實那時候我覺得你有點討厭，就讓我一個人待著不行嗎？我一點都不想跟大家打成一片。從以前我的個性就很乖僻，討厭一群人聚在一起嘻嘻哈哈的感覺。」

「我也很討厭啊。」我說：「那時不是有個很受歡迎的傢伙叫岾平嗎？我因為他吃了不少苦頭呢。」

「是啊，畢竟這件事就是我告訴你的嘛。」

說完，我們相視而笑。

明明是不愉快的回憶，為什麼能在十幾年後留下糖衣包裹的餘味呢？

「你的一舉一動，其實我都看在眼裡。我在想，可能從你第一次找我搭話那次起，我就喜歡上你了吧。」

因為都已是前塵往事，所以如今提起也不會感到害臊。那時的心情、那時的情感，都只是敘舊時撒上的佐料。

可是，我仍然會因為這平凡卻突然的告白感到幸福。

「第一次是指北極熊那次嗎？」

「更早喔。有一次在那個紅綠燈前時，你站在對面對我大喊『生日快樂』，那時候我們甚至還沒讀小學呢，只是住在上下樓的鄰居而已。」

「原來還有發生過這種事，我怎麼完全沒有印象呢？」

「好笑的是，那天根本不是我生日，所以起初我甚至不知道你是對著我說。」

「大概是因為那時候路口只有妳吧？」

「還有我媽，她也覺得很好笑。」

「是喔。」

「雖然你常說自己記性很好，現在看來好像也沒有嘛。」

我搔了搔臉頰，即使是已經消失的記憶，卻還是讓人感到難為情。

「所以後來你被全班排擠時，我也覺得很可笑。」

「這有什麼好笑的？」

「好笑呀。雖然搞錯日期，但會主動祝我生日快樂的人竟然會被大家討厭。我實在沒辦法接受這種事，得先聲明我可不是可憐你喔，只是莫名覺得不甘心而已。」說完，她補上一句：「就說我是個性格奇怪的小孩了。」

「所以才會換妳來拯救我吧。」

「說拯救有點太超過了，但那時候的確是想做點什麼，大概是想讓排擠你的人不爽吧。雖然現在覺得我們只是在舔彼此的傷口而已。」

「那也沒什麼不好呀。」

「是啊。」

她緩緩地抬起頭望著我，再度張開毫無血色的雙唇。

「因為一直以來我們就是這樣過的。」

一直以來就是這樣相互扶持。

餐廳的人聲嘈雜，幾乎要掩蓋了她的聲音。

「往後十年、二十年，甚至五十年，我還覺得這種日子會持續一輩子呢。」

眼見我沒有回應，她繼續說道。

「事實證明我才是笨蛋。我說祉然，那個詛咒，到現在依然糾纏著你嗎？」

我無聲地點點頭。

「那看來在這之後又發生了許多不愉快的事吧。」

「嗯。」我說：「所以我沒有把大學唸完，工作也是一個換過一個，就連住的地方也是，沒辦法待太久。」

「這樣啊。那看來你才是過得最辛苦的人呢。對了，下午那個女孩子呢？」

文玥指的是森見。不過我不可能告訴她我和森見的約定，只告訴她是普通朋友。

「因為某些緣故，她也沒有繼續唸書了，所以我陪她來大學晃晃，結果就碰到妳……」

文玥揚起單邊臉頰，用悠揚的口氣說：「原來如此，我也在那裡讀研究所。我想你應該猜到了，不過我已經放棄音樂囉，大學讀的是完全沒有關係的幼兒教育。」

因為胃口不好，她只點了一杯氣泡水，而現在那杯水只剩下一半不到。

「感覺就像是你又找到一個新的人代替我。那個女孩就連穿著都跟我很像呢。」

「那是有原因的……」

但文玥就像是沒聽見我的話，逕自說了下去。

「看見她又覺得好像看見高中時的自己，就算我們見面次數變少了，但每天還是會花很多時間聊天，明明你都要考試了，卻還浪費時間在這種沒有意義的事情上。」

「我不覺得和妳聊天沒有意義……」

「祉然，其實我只是想知道你有沒有告訴那個女孩而已。」

「……告訴她什麼？」

文玥垂下肩膀，搖了搖頭。

接著，她將套在左手上的黑手套脫了下來。

本應是左手無名指的部位空無一物。

高中第三年，我的生活變得更加混亂。

所謂混亂，並不是指我過著荒淫無度的生活，相反的，我完全沒有時間虛耗在享樂上。

自從和家裡斷絕聯繫後，經濟壓力就成了我要提早面對的問題。即使年滿十八歲，但披著高中生身分能找到的工作還是相當有限，要養活自己的同時還得兼顧學業，根本是難以企求的目標。

兩相權宜，勢必有一方要被放棄，而被我放棄的，自然是與生計無關的學業了。

學校老師無暇關注每個學生的出路，會關心我的人只剩下文玥。她和我一樣也面對著升學壓力，我不想讓她浪費心思替我操心，所以每當聊起課業的事情，我總是報喜不報憂。

「與其擔心我，不如多花點時間準備妳自己的考試吧。」

高中就讀音樂班的她，理所當然選擇報考外國的音樂學院。我對音樂一竅不通，只知道除了基本的樂理知識外，還需要通過語言檢定才行。

「不用擔心啦，一定會通過的，我很有信心呢！」

我窩在網咖的包廂裡，光是透過和文玥通訊就讓我有了活下去的動力。

至今，文玥還沒有被我的體質影響。我認為是因為我們見面的機會變少了，單純透過手機還不至於會危害她的安全。

我必須這麼相信才行。

我放下手機，把書包裡的參考書倒出來，開始用功前，決定先去廁所洗把臉，提振精神。

鏡子裡的我，額頭上的疤已經淡去了許多，不過用力一壓，曾經的傷口處依然一副隨時會滲出血的樣子。

這是上個月的舊傷，在超市冷凍櫃裡整理貨架時剛好被掉下來的鮭魚砸個正著。很可笑的受傷方式，但和我一起打工的前輩卻被這可笑的方式弄得腦震盪，最後連工作都丟了。

我的體質依然照常發揮著。

我用袖子擦乾臉，沿途經過電腦桌交織而成的廊道。這個時間會待在網咖的人，可能從昨天晚上就一直留在同個位子上。在旁人眼裡看來，他們大概都和廢物劃上等號，不過我反而有點羨慕他們，至少這群人有毅力，而且很清楚讓自己快樂的方法。

我回到包廂，戴上抗噪耳機並攤開參考書，繼續上次未完的進度。

只有利用打工之間的空檔我才有時間唸書。

以我的成績，要考上頂尖大學是不可能了，可至少也不要讓我淪落到連三流大學都考不上的程度。

否則我和文玥的距離只會越來越遠。

在我剛完成一篇英文閱讀測驗時，手機響了。是其中一個打工地點打來的。對方因為人手不足，找不到人能送件，所以希望我現在趕過去幫忙。

這份工作有點類似食物外送，只不過遞送的包裹都是一些不想透過普通郵遞手段送達的急件。

每一趟的報酬比正常打工要高出許多，此外，公司還會給有簽約的員工一輛機車代步，除了在規定時間必須隨傳隨到這點比較惱人外，實在沒有能挑剔的地方。

所以就算無奈，我還是只能先放下手邊的書，等回來後再繼續與英文奮戰。

這就是我現在的生活。

等將來上了大學，這樣的日子也不會改變。

日復一日。

在找到除去詛咒的方式前，我注定得過著和漂泊沒兩樣的人生。

否則我和文玥不可能有結果。

不。

本來就是段會無疾而終的感情。

等文玥出國後，置身在新環境的她會結識到各式各樣的人，就算是那個不屑與人往來的她，在歷經歲月打磨後，也不得不強迫自己和別人相處。

然後她就會發現，我們不是同一個世界的人。

我的存在，只是在耽誤她的人生。

就算詛咒沒有影響她，無形之間我也在拖累她的腳步。

我的心情總是處在矛盾下，以前因為顧慮詛咒而有意和文玥保持距離，現在卻光是連跟她說話都有罪惡感。

如果我能為她做點什麼就好了。不是真的為了她，而是為了我自己，我需要有能夠抬頭挺胸待在她身邊的理由。

我在尋找這份機會。

就這樣，三個月過去，距離考試的日期又更逼近了些。

有些事情變了，有些事情沒有改變。改變的是學校的氣氛，隨著寫在黑板上的日子一天天倒數，模擬考的頻率變得更加頻繁，左鄰右舍花在聊天打屁的時間也越來越少。有些人活得兢兢業業，成天板著臉孔；有些人則是早已醒悟，開始嚷嚷著人生不是只有考試而已。

我兩者都不是，因為我是屬於沒有改變的人。

平日上完課後，我就奔往打工的地點，假日則待在網咖等待工作上門。學校課業就和塞在錢包裡的平安符沒兩樣，想到時再把書拿出來翻一翻、捏一捏，至少我還能安慰自己懂得善用零碎時間。

事情就發生在尋常的假日午後。

從洗手間回來後，我發現手機有三通未接來電。

原以為是跟工作有關，但三通電話全部都是文玥打來的。

我立刻按下回撥，同時也感到納悶。一直以來我們都只靠文字傳訊息，很少真的打給對方，因此這幾通電話反而讓我感到莫名的不安。

在電話接通的那一刻，我想起來今天是什麼日子。

是文玥的入學考試。

照理來說，現在她應該正在考試中才對。

「……祉然。」電話那頭傳來她的哭聲。

「怎麼了？發生什麼事了？」

「已經來不及了……」

「到底是怎麼了！喂？」

偏偏在這時收訊變得異常惡劣，除了斷斷續續的哭聲以外我根本聽不清楚文玥在說什麼。

我沒有辦法，只好立刻奔出網咖，跳上機車。從之前和文玥的對話紀錄，我翻出她受試地點的地址，將油門催到底，趕往考場。

許多車輛呼嘯而過，我以被警察攔下來也不奇怪的速度在市區的馬路上狂飆。擔心之餘卻又感到有些開心，大概是因為知道自己終於能派上用場了。

抵達考場，文玥就坐在考場入口的階梯前，她的頭貼在雙腿間，我聽見斷斷續續的嗚咽聲。

「文玥。」

她抬起頭，淚眼汪汪地望著我。

「怎麼了嗎？」

「我找不到准考證。」她用幾乎要哭出來的聲音說。

「是忘記帶了嗎？」

「我不知道……但不在包包裡，怎麼找都找不到。」

如果是弄丟的話，就真的找不回來了。因此我寧願相信她只是粗心，出門時不小心忘記帶在身上。

「離考試還有多久？」我問道。

「輪到我只剩二十分鐘了……」

二十分鐘。我在心裡計算著從這裡到她家的距離，要是以我剛才的速度，應該能趕得上。

「上車吧。」我說：「沒有在身上肯定就是在家裡，現在回去還來得及。」

文玥沉默了一會，接著點點頭。她也明白沒有其他方法了，與其坐以待斃，不如賭一把，也許不見的准考證就被留在她的書桌上也說不定。

這是很重要的考試，攸關她的未來。

即便那是我無法參與的未來也無所謂。

我發動機車，儀錶板上的讀數很快就來到極限。

我終於能對文玥有點用處了。我的腦中充斥著這個想法。

所以我完全沒有察覺這件事有多麼不尋常。

為什麼一直以來都很細心的文玥會在這天弄丟准考證呢？

為什麼她選擇求助的對象是我而不是她的父母呢？

我知道我應該要感到高興，因為這意味著我是她最信任的人，但種種巧合同時發生，依然讓人不安。

不僅我，就連文玥都好像在冥冥中依循著某種安排一樣。

當我意識到時，一切都太遲了。

一輛停在路邊的小貨車忽然打開車門，高速行進的我剎車不及，只能拚盡全力閃避，但閃過了小貨車卻沒能躲過後方的小客車。

劇烈的衝擊短暫奪去了我的意識。

我想起那輛害死外公的小貨車，那時它也是像這樣，擱淺在路畔。

耳裡迴盪著引擎空轉的聲音。

最後我什麼也聽不見了。

28

我的意識回到現實，坐在我對面的，已經是六年後的文玥了。

「另一隻手……」我的嘴唇正在顫抖。

「你要看嗎？」文玥露出和緩的微笑，接著把右手的手套也脫去。

右手的中指和食指也消失了。

「祉然，你不知道吧？因為車禍發生後，我們就沒有再見過面了。」

「是啊……」

「當我好不容易能夠下床，第一個念頭就是去找你，結果你已經出院了。」

純白色的床單覆在六年前的記憶上，老醫院裡散不去的消毒水味刺鼻得可怕。

「你的手機打不通，信箱也沒有回信，就像人間蒸發了一樣。」

「我……」

「祉然，你不是想知道我現在過得如何嗎？」

她將右手的手套戴上，但少了一指的左手依然放在桌上，就像是要故意讓我瞧見似地。

「遭遇那種車禍，我們兩個人都還活著，可能在外人眼裡看來已經夠幸運了。不過祉然，我還記得你說的那句話，神明會用最殘酷的方式折磨你，祂會帶走你珍惜的一切，只留你一個人繼續活下去。」

那是我親口告訴她的，文玥依然還記得。

她將視線移到自己的手上。失去的是左手的無名指。

「很諷刺吧，受傷最嚴重的部位剛好是雙手，而且那幾根指頭並不是單純被截斷而已，是連復健的機會都沒有。」

她皺著眉頭苦笑道：「變成這樣，是不可能再彈琴了，所以我才會改讀幼兒教育。你一直擔心的事情終究還是發生了，只是沒想到祂從我這邊奪走的不是生命。」

文玥沒說出口的，同時也包含她出國留學的夢想。

那恐怕是比生命更重要的事物。

我緊握雙拳，掌心的肉被指甲刺得發疼。

「有種不知道自己過去是為了什麼而努力的感覺呢。」

「對不起。」

「你為什麼要道歉？」

「那場車禍，都是因為我的關係。」

如果我沒有搶快、沒有忘記詛咒的存在。

那至少文玥不會受傷、不會被迫放棄夢想。

都是我的錯。

「祉然。」

她再次呼喊我的名字。

「那場車禍，我從來都不覺得是你的錯，真的。」

「文玥……」

「知道自己這輩子再也沒辦法彈琴後，我也想過要怪罪某個人，不管是忘記帶准考證的我自己，還是那個突然開車門的貨車司機都可以，我覺得應該要有人對此負責……除了你，因為你只是想幫我，而且為了我你也受了重傷，我真的很愧疚，如果我沒有打電話給你，你根本不需要和我一起受罪。」

「不、不是這樣的，文玥……都是因為我騎太快了，都是我的錯，是我給了祂機會……」

「祉然，我是真的以為我們不會再見面了。你可能看不出來，但我其實也很煩惱，不知道現在該怎麼面對你。」

「對不起，文玥……對不起。」

「你為什麼要一直道歉呢？我都已經說了，車禍的事情我一點都不恨你。」

「但就是我搗亂妳的人生！」我提高音量像吶喊一般。周遭的視線立刻匯聚到我身上，但我已經沒有力氣再去在意別人的目光，繼續說道：「都是因為我的關係才讓妳也跟著不幸，所以我才會選擇離開，我不能再讓自己跟妳有任何牽扯。」

「這樣啊。」

「文玥，相信我……這些年來我好希望能再跟妳見上一面，可是我真的好怕再連累妳，連同妳，我已經毀掉許多人的人生了，我不能害妳連命都失去。」

「祉然，從以前我就覺得自己說不定一點都不了解你。」

「……文玥。」

「車禍確實打亂我的人生，但我相信自己並非一無所有，無論再怎麼悲慘、遭遇多麼痛苦的事，至少我都不會是孤身一人，因為我相信你會一直待在我身邊。」

我的喉嚨越來越難發出聲音。

「畢竟你答應過我了。」

她看著我說道。

「這就是我想跟你說的話。你明明都已經忘記那個約定了，事到如今為什麼又要出現在我面前呢？」

「因為我想在……前見妳一面。」

賴以為生的能量自體內不停流失，內心深處正在逐漸崩壞。

「祉然，你真的什麼都不懂。就連現在拚命道歉也是，你根本不知道你是為了什麼道歉。」

文玥說。

「我寧願相信現在的你只是一個和祉然有著相同外貌和記憶的陌生人。因為我所知道的祉然在那場車禍中就已經死了，我如果不這麼想的話，是沒辦法撐過這幾年的，你能理解嗎？」

我沒有回答，甚至連點頭認同都辦不到。

「我曾經真的很喜歡你，對我而言你就是最重要的人。即使後來你消失了，我還是覺得你有一天會回來，真的喔，好一段時間我都是這麼相信的。」

就算文玥沒有把話講明，我也知道她是想告訴我，我不在的這六年間，已經連最後一絲感情都被分解了。

「如果說還有什麼遺憾，大概就是我很在意那個女孩的事。不管你們的關係是什麼，我只希望你不要再犯相同的錯，算我拜託你了。」

她深深地嘆了口氣道。

「我想說的就是這些了。以後應該也不會再見面了吧，對不起。」

說完，她提起包包，起身離開位子。

我盯著她的背影，直到她推開店門，消失在夜晚的街道中，我的視線依然遲遲無法從她離去的方向移開。

桌上的餐點早已失去溫度，我嘗了一口，卻感覺不出任何味道。

文玥留下的玻璃杯仍留在桌上，但我面前僅有空蕩的座位。

雨水的潮濕氣味就像吸納了整個世界的寒意，在我的鼻腔裡靜靜發酵。

「森見。」我說。「妳都聽見了嗎？」

「嗯。」

「不好意思，讓妳看笑話了。」

「不要緊。」

就算沒有面對彼此，對話也依然持續著。對我來說這樣正好，因為我現在的臉色一定難看到無法面對任何人。

「也許我應該早點跟妳坦白的，那場車禍的事。」

「是啊，你真的很笨。」她接著說道：「不論是當初的你或是現在的你都一樣。」

我的生命就是由不計其數的懊悔構築而成的。

在這種存在本身即為錯誤的人生，也是理所當然的事。

盤子裡的餐點還留有大半，但我連一口都吃不下了。胃液翻騰的噁心感直到我離席都還在困擾著我。

文玥從一開始就想和我劃清界線，所以已經事先付好帳，我只需要負擔我和森見的餐點就行。走出餐廳時，外頭依然下著毛毛細雨。

「為了減少未來後悔的機會，有一件事情我想也順道跟妳坦白比較好。」我說。

「也許坦白了反而會更後悔喔。」

「那就後悔吧。」

我牽起她的手，步入雨中。

夜色變得更加深沉。

在換日前的最後幾個小時，街道會倏地變得冷清。隨著機車駛離市區，更是連光影的界線都變得模糊。

轉眼間，四周已完全不見其他車輛。房仲業者的廣告牌被插在電線桿下，相距數十公尺才出現的路燈下匯聚了雨絲。我的左手邊是一大片堆滿廢鐵的空地，廢鐵的輪廓看起來像一輛輛報廢汽車，被掩埋在隨風雨飄動的雜草中。

那不是熟悉的景色，卻讓人難忘。

雨勢沒有變大，但也沒有趨緩，它就只是抱持著遠超乎這個季節應有的耐心，持續下著。

我沒有披上雨衣，也忘記在路過便利商店時替森見買一件，儘管是毛毛細雨，在無簷的路上待久了也足夠淋得我們渾身濕透。冰涼濕滑的觸感下，我幾乎只能感受到森見的體溫。

「不回醫院？」

「不回去了。」

聽見我的回答，我感覺到腰際傳來的力道稍稍加重了些。她把額頭貼在我的後背上，就這麼保持沉默。

遠處偶爾才會迎來對向車道的車燈，大多是趕夜路的貨車，而在機車駛入上坡路段後，與它們錯身而過的機會變得越來越少。

倚著山壁的道路另一側就是懸崖，隨著海拔高度提高，空氣的密度似乎也變得稀薄。機車依然維持著一樣的速度，沒有因為彎道或視線等問題得到放開油門的理由。

我沒有走錯路。幾個月前，我和那三個人也是走上同一條道路，現在不需要地圖或導航了，就算和其他數以千計的山道比，也沒辦法替這條路找到任何特色，但是它到底對我還是存在著某種意義，一種只要我還活著，就不可能忘記的意義。

然後，我在那片觀景台的空地停下機車。

唯獨這裡的路燈最為密集，但充其量也就是不至於讓人伸手不見五指的程度。路燈庇蔭下的路面形成一個又一個圓，蓄積成雨水留下的湖泊。

「這裡是……」

森見脫下安全帽，環顧四周。

「我和那幾個人自殺的地方。」

我沒有過問她的意願就牽起她的手，將她帶到那片空地的正中央。

白色的中古Toyota曾經停在這裡。

那道被麻繩圍住的缺口還在，跨過那條界線就是斷崖了。

森見曾看過關於我們的報導，但報導不會如此詳細，就連地點至多也是提到某縣市的山區。

「妳還記得那個叫茉莉的女生嗎？地點就是她挑的。」

「記得。」

「這的確是個不錯的地點，照理來說死在這裡很久應該都不會有人發現。」

我走向廢棄的觀景台，而她踏著無聲的腳步，跟在我身後。

曾經覺得無聊的景色，卻在一次徒勞的折返後，留下不一樣的風貌。星火闌珊，就像是早已用盡了全部的光輝，就算知道它依然會持續下去，但每當用肉眼直視，又像是已經被摔得支離破碎的殘片。如深夜搖曳的燭光，祈禱著明天的早晨永遠不會到來。

「森見啊。」我對著夜色呼喊少女的名字。

「怎麼了？」

「我好像是罪犯呢。」

「罪犯？」

「是啊，因為我還活著，所以那三個人的死，只有我能承擔。就是因為我沒有死掉，事情才會變得這麼複雜。」

我把那天警察來訪的事情，一五一十地告訴森見。我倒在車門外的事情，以及警察目前調查的進度，另外還有加工自殺可能面臨的刑期，那天警察告訴我的一切，我都毫無保留地轉述給她。

「知道這件事的當下，我甚至又嘗試自殺一次，還想拖來拜訪我的警察下水。不過當然又失敗了，因為打火機不管怎樣都點不著，不論我嘗試了幾次都沒辦法。」

我像吶喊一般說道，而森見只是冷冷地點了點頭。

「我已經告訴那個警察不用再調查了。如果他們要找一個人替這整件事負責，那個人就是我。我知道躲不掉了，所以才想在被定罪前再跟文玥見一次面。」

不能帶著骯髒的身分見曾經深愛著的人，我知道這是很幼稚的想法，因為事已成定局，不會因為法律判決而有任何改變，可是我卻對此深信不疑。

「結果就是如妳所見，早在六年前我不告而別時，就已經搞砸一切了。只是我竟然都沒有發現，不對，應該說我明知道會有這種結果，卻還是祈禱文玥看見我時的喜悅，能夠讓她忘掉我曾經對她做過的事。」

我把那些從剛才在餐廳就一直盤踞於心裡的想法一股腦地說出，完全沒有理會森見是否聽進去了，我想我其實不在乎有沒有聽眾，只是需要一個機會把這些話吐出來而已。

「貳米先生。」

森見抓住我的手臂，讓我轉過身來面對著她。

接著，她伸出手。被雨水覆蓋的冰冷掌心，在我的臉頰上漸漸成形。

漸漸地，她的體溫傳來，我不知道該怎麼回應她，只能讓她繼續撫摸我的臉頰。

她的雙眸，就像是在看待一隻受傷的小狗，舔舐著從我面頰上滑落的雨水。

「森見……」

接著，我聽見巴掌聲。

毒辣的刺痛感自我半邊臉頰暈染開來。

慢了一拍我才意識到，我被打了。

「貳米先生，你這麼做，違反我們的約定。」

「約定……？」

「我不在時你嘗試自殺了吧？就算知道不可能，但萬一你成功了怎麼辦？你有考慮到我的心情嗎？」

我摸了摸自己的臉頰，比我想像中還要溫熱。

「如果你真的要死，請不要忘了我。」她說。

「對不起。」

「不要再有下次了。」她的聲音在顫抖。

「不會有下次了。」

我已經告訴森見，今天不會送她回醫院了。

我們一同眺望著地平線的彼方，繼續看著那片風雨中的夜景。

「森見，妳現在的心情如何？」

「我很難過。」

「為什麼難過？」

「因為我覺得被背叛了。貳米先生呢？」

「我也很難過。因為我老是把重要的事情忘掉。」

「這麼說來，現在是最好的時機了呢。」

「是啊，所以我才會帶妳來這裡。」

「有句話說，從哪裡跌倒，就要從哪裡站起來。」

「是有這句話沒錯。」

「貳米先生喜歡這句話嗎？」

「不喜歡，大部分的格言我都討厭，因為總覺得好像有種逼迫人該怎麼做才是對的感覺。」

「我也討厭，因為說這些話的人僅憑三言兩語就被別人記住。」

「這個世界上好像沒什麼能讓妳喜歡的東西。」

「你不也是嗎？」

我告訴她，這個話題以後有機會再聊，她笑了。

「下次呀，真好呢。」

我再次牽起她的手，和她一起走回機車旁。

「不好意思，森見。也許妳還有什麼想做的事情，不過我也沒有時間了。」

「不要緊的，貳米先生。」她捏了捏我的手說：「這段日子是滿愉快的，不過我們不就是為了這一刻才活到現在嗎？」

「是啊。」

「所以這次，真的會成功吧？」

「一定會的。」我說。

毫無根據、毫無徵兆也毫無理由。過往我也曾有過懷抱著強烈尋死念頭的時刻，但從未有一次，我的內心沒有分毫的遺憾或迷惘。

我甚至篤定，即便是那位混帳神明，都沒辦法再干涉我的死亡。

我們把掛在手把上的安全帽扔到一邊，跨上機車。

打開機車的頭燈，正對面是那個只被麻繩圍住的缺口。

「森見，能認識妳真是太好了。」

「現在不適合說這種話吧？貳米先生。」

「我只是在消除我心裡最後的遺憾。」

「原來如此。那我也是，還好那天在樹下你沒有成功。」

她將兩隻手臂交疊在我的胸膛上，抱緊了我。

「貳米先生，晚安。」

我想，她肯定閉上了眼睛，就像睡著一樣。再次醒來，她的身體已經不會再有任何病痛，那必然會是個更美好的地方。

「晚安，森見。」我說。

然後，我轉動機車油門，朝那片無光的黑奔馳而去。

「去買點酒來喝吧。」

當茉莉如此提議時，我反問她為什麼。

「因為我想喝呀。」她理所當然地說道。

「那妳去買啊，跟我沒關係吧。」

「我不想自己一個人喝嘛，太沒意思了。」

「好啦，我去買就是了。」

說著，我把桌上的皮夾塞進口袋裡，順道把手機一起帶上。

狹窄陰暗的樓梯間裡，只靠一盞不停閃爍的日光燈照明，燈管的底下都是飛蟲，地上隨處可見乾癟的屍體。

我穿著夾腳拖，走下樓梯，往家附近的便利商店走去。路上遇見剛返家的上班族，還有坐在機車上閒聊的大學生。每天的這個時候，似乎都會看到同一批人出現在這裡。

我把手伸進右邊的口袋，只摸到皮夾，接著換左邊的口袋，只有手機。我沒有帶菸出來，難怪總覺得有哪裡不對勁，就好像外出購物時手上不提點什麼東西就覺得渾身不自在一樣。我總是因為這些無所謂的小事感到焦慮。

然後，我清點了一次錢包，邊走邊數。

裡面放著兩張百元紙鈔。

於是我在便利商店的冰櫃裡拿了三罐氣泡調酒。我不認為我喝得完，優惠也僅限於第二件六折，但我就是想把那兩張紙鈔花掉，再把全部的錢扔進捐獻箱裡。

走出便利店時，上班族不見了，大學生還在。

沿著原路走回公寓，我小心避開地板上的蟲屍，想起自己剛才忘了鎖門。

「回來了？」茉莉問。

「回來了。」

「買了什麼，讓我看看。」

我把塑膠袋裡的酒放到筆電前。

「很巧是吧？」

螢幕裡的她，三指夾著一瓶相同口味的罐裝酒，放在臉頰一側晃了晃。

「真巧。」我坐了下來，面對著她。她穿著寬鬆的居家服，稍有不慎領口就會順著肩膀滑落，她沒有穿內衣，也許下半身也只有一件內褲，視訊的對象是我，而我又是男性，無論如何那打扮都實在隨興過頭了，但神奇的是我卻沒辦法對這樣的她萌生任何非分之想。

「乾杯？」

「嗯，乾杯。」

我們兩人同時舉起鋁罐，象徵性地晃了晃它。

我知道世界上不乏嗜酒如命的人，不過這些人也不是從一出生起就能品嘗酒的美味，這樣他們又為什麼能在二十年後，自然而然地把它當作賴以維生的飲料呢。

我並不討厭酒，和菸一樣，也許不能說是淺嚐，但還不至於到沒有了它就活不下去的程度。

倒是有人陪自己一起舉杯的感覺並不壞。

喝完第二杯後，打出來的呵欠已經滿是酒氣，夾雜著些許的睏意，瀰漫在三坪大的空間裡。

「貳米，你不太能喝呀，貳米米。」

茉莉的臉看起來也很紅潤，當她笑時，眼眉彎得如一抹新月。

「妳沒資格說我吧，連這個都會喝醉的人也太沒用了。」我確認一下瓶身上的標示，酒精濃度不到百分之五。

「那就是你啊，傻子。」

「妳今天心情還真好呀。」

「當然好啦，因為我最最最喜歡的歌手就要舉辦人生第一次公演了。」

「喔?所以是最近才開始出名的人囉？」

「人家可是默默無名了好多年啊，這些年來都只有一個人，孤獨地奮戰著，你能想像嗎……？」

「真不簡單。」

「但這就是他們人生必經的過程。」

說完，茉莉又毫不在意形象地打了一個響嗝。

「來得及去聽演唱會嗎？」

「來不及了。」

「真是遺憾。」

其實我並不感到遺憾，酒精已經麻痺了我所有的負面情緒，我沒辦法替她或是替任何人感到悲傷。

「沒什麼好遺憾的。吶，貳米，你不覺得現在的我們，其實已經死了嗎？」

「真的嗎？」

「真的喔。想像一下，你和我，已經死掉了。我們現在在喝的只是憑空想像出來的飲料，面前的電腦也是。這其實是一場永遠不會醒來的夢。」

我搖了搖空瓶，覺得裡面還剩下一點酒，便拿起來往嘴裡倒，雖然什麼也沒喝到，我還是覺得裡面剩下一點酒。

「這不是夢吧。」我說。

「你覺得呢？」她露出玩味的笑容說：「其實我已經死了，貳米。那天我們開車進山裡，去那座廢棄的觀景台，你和世嘉把廢氣引入車裡，我們都死掉了呀。」

「世嘉哥不是還沒決定好地點嗎？」

「不對不對，已經決定了。地點和方法，還有結局，這些都注定好，不會變了。」她刻意放慢說話的速度，一字一句清楚地說。

「果然是這樣啊，能成功真是太好了。」

「沒有喔，你沒有成功，就只有你還活著。」

「為什麼？」

「因為我不想讓你死掉。」

「太不公平了吧。」我抗議道：「當初不是說好，不能干涉對方的嗎？」

「是啊，但別忘記我剛剛怎麼說了，這只是一場夢。所以我現在說的每一句話，也都不是真的。這樣你還願意繼續聽我說下去嗎？」

「說吧。」夢境和現實的分野消失，我已經分不清楚這是記憶還是妄想了。

「因為只有你的死沒辦法拯救任何人。」

「什麼意思？」

「世嘉如果死了，他的太太和兒子不用再跟他一起承擔那筆債務；小陽如果死了，他媽媽就不會再用同樣的方式管教他的弟弟……至於我死了，我相信某個人會因此而獲救。」

「那個人是誰？」

「不知道。」她戲謔地笑了笑。「反正我相信有這樣的人存在。」

「妳太狡猾了，而且事情才不是妳說的這樣……」

沒有義務告知對方自殺的理由，就算彼此間有這層共識，但只要有相處機會，這稱不上是祕密的秘密還是很快就會被揭露。

我能理解，因為我也是如此。之所以不想告訴別人自殺的理由，是因為我不認為有人會相信，但我們是一群已經偏離了人生軌道的傢伙，這時候無論是多麼天馬行空的妄想，對方肯定都能接受。

所以我告訴過茉莉，告訴她只要我活著，就會持續帶給周遭人不幸。

「但你就算死掉，也不會有人因此變得幸福呀。」

茉莉說。

「可能你是個天生的掃把星，從一出生就不該跟任何人有牽扯，可是這不代表你連帶給人幸福的權利都沒有吧？」

「真不像妳會說的話。」

「就當是我喝醉了吧。我只是覺得，如果你的不幸會害一個人墜落，那你只要在他墜落的同時，想辦法把他拉到更高的地方不就行了嗎？就算是一無可取之處的人生，也不代表你有必須放棄一切的使命吧。」

茉莉說得沒錯，我也曾經想過自己的出生以及往後的人生應該是為了什麼而存在的，就算是我，或多或少應該都有改變的能力，我恨自己，但我並不憎恨這個世界；我討厭自己，但我還是有喜歡的人。

然後，我想起了一個女孩，只是那個女孩的面容已經變得模糊。

「別說了。就這樣吧。」

脊椎撐不住快散架的骨頭，我躺了下來，頭頂的白熾燈泡有些刺眼。

「我好像明白妳的想法了。」我說：「的確什麼理由都不需要，想死就只是想死而已。我跟妳一樣，單純是不知道繼續活著有什麼意義。」

酒精催化的酥麻感已經消失了。我不知道這是不是夢境，還是我曾經的記憶。我曾和茉莉聊過，就在相約赴死前不久，我們在各自的房間，喝著酒，她穿著稍有不慎就會走光的寬鬆衣服，而我對這樣的她卻沒辦法興起任何多餘的想法。

大學生才剛跨上機車，遊蕩的上班族還沒回家。

視訊通話特有的沙沙聲消失了。

「茉莉？」

我起身，但螢幕的另一頭什麼也沒有，黑屏的畫面漸漸包裹我的視野。

聞到雨水的氣味，以及濕滑的觸感。胸膛傳來難以忽視的重量。

我睜開眼睛，看見深沉的墨色中依稀夾著幾縷赤紅色的光芒。

烏雲已經散去，如海面波光粼粼的幽暗星空被幾道細長的火舌撕裂，好一陣子我才意識到那是朝霞的色彩。

我躺在溼黏的土地上，四周依然一片漆黑，僅能勉強看見樹木的輪廓。清晨的風吸飽了露水，洗去積在我耳窩裡的泥土，就像在對我說話，我似乎還能聽見茉莉的笑聲，告訴我，我還沒死。

腐葉和爛泥形成天然的緩衝墊，而我恰巧落在上頭，減輕了摔落的傷勢。唯獨左小腿以下的部位沒了知覺，但這種程度的傷距離死亡還很遙遠。

第幾次呢？

不重要了。

無論赴死的念頭多強烈都沒有用，即使從看不見底的斷崖上跳下來也無法死去。

還沒認清事實的人是我才對。

接著，我想起和我一同墜落的女孩。

我移動視線，看見少女黑色的髮絲，看來身上的重量就是源自於她了。

「森見。」

我喚道她的名字。

沒有回應。

我只好再喊一次。

依然沒有回應。

視線昏暗，我沒辦法確認她的傷勢。凝結在手指根部的濕滑液體分不出是血還是雨。

我開始慌了，不覺提高了嗓音。

我舉起發麻的手臂，想確認她的呼吸，但在手指湊近她的臉龐前，就聽見那熟悉的咳嗽聲。

「森見？」

「你醒了啊，貳米先生。」

聽見她的聲音，我總算鬆了口氣。

「不好意思，我現在沒辦法動，全身的骨頭感覺都斷了。」趴在我身上的她說。

「沒關係。妳還好嗎？」

「不好。」

「不好是指哪裡受傷了嗎？」

「不好是指我還活著。」

我無聲地笑了出來。明明不該笑的，畢竟我們都失敗了，沒有一個人如願死掉，但我卻沒辦法克制自己的情緒，森見還活著，我由衷地感到開心。

「你呢？」

「有一隻腿沒有知覺了。」

「就只有腿嗎？」

「是啊。」

「真可惜，看來我們都沒有死成呢。」她輕聲說道。

「這也是沒辦法的事。」

因為森見遲遲沒有起身，我也沒辦法移動身體，我們就維持這個姿勢好一陣子，這次不僅是我，連森見都被死神拋棄，我想她可能開始後悔當初為什麼要找上我了。如果只有她一人從懸崖一躍而下，肯定已經如願了。

「對不起。」我說。

「沒事不要亂道歉。文玥小姐給你的教訓還不夠嗎？」

她捏住我的衣服說：「再說……至少這代表你的體質不是對每個人都有效。」真的是這樣嗎？我沒辦法同意，但也不想否定。對我而言這已經是太過綺麗的妄想，光是想像就有種被針紮到一般的刺痛感自內心深處傳來。

直到陽光灑落樹林，森見才從我身上起來。

「已經沒事了。」說完，她立刻將臉撇到一邊去，刻意避開我的視線。

我撐起身子，卻發現左腿完全使不上力，將褲管捲起，才看見小腿到腳踝處有大片像瘀血的紫色痕跡。

可能是骨折了。我思忖，奇怪的是卻完全不會感到疼痛，大概是因為過去也摔斷過好幾次腿的關係，在癒合的過程中神經已經失去原有的功能。

森見盯著我腳上的傷，幽幽地說道：「很久以前有個新聞，跳樓自殺的人掉下來時砸到賣肉粽的小販，結果自殺的人沒事，小販卻被壓死了。」

「突然說這個做什麼？」

「我想這就是我還活著的原因，掉下來的時候先落地的你充當緩衝墊，所以我才能毫髮無傷。」

「是不是真的沒有傷，等回醫院檢查再說。」

「至少比它好多了。」

「它？」

我順著森見視線的方向望去，看見已成廢鐵的機車殘骸卡在兩棵樹的縫隙間。破掉的油箱流出透明的液體，順著樹幹一路流進土裡，化石燃料的味道已經被稍早的雨刷洗得幾乎聞不到了。

「那要怎麼辦？放著不管嗎？」

「放著不管就好，等油漏光就沒事了。」

「真是瀟灑。」

「因為等我拿到三百萬，要買幾台車都可以。」

「等你真的到手再說吧。」

我們一同笑了出聲。我只是想透過這句話，確認我們之間的約定依然算數。

誰叫我們都還活著。

我的左腿已經沒有知覺，像是被裝了馬蹄鐵一樣，踩在地上也沒有分毫的踏實感。森見替我找到一根樹枝充當拐杖，接著又把我的左手搭在她的肩上，想透過那瘦小的身軀攙著我走路。

「其實我一個人走比較快。」

聽見我這麼說，她只是模仿美苓的口氣嘟噥了句：「傷患沒資格有意見。」

雖然深山收不到訊號，但還是能從山崖的位置判斷方位，我們走了一段路，不久，便看到柏油路鋪蓋的山道出現在眼前。

沿著柏油路繼續往下坡段走，疼痛感依然沒有造訪，反倒是身上已是大汗淋漓。就算是早晨，依然是屬於夏天的陽光，再加上走了好長一段路，我們都已經疲憊不堪，直到走進山腳下的便利商店才終於有解脫的感覺。

在店裡買了包裝在真空袋裡的衣服，並借了洗手間，店員用好奇的眼光注視著滿身泥巴的我們。

更衣時，我才發現背上到處都是傷口，但這些傷都和腿傷一樣，除了發炎造成的灼熱感外，我連丁點的疼痛都感覺不到。

「你也和我回醫院吧。腿上的傷不能就這樣放著不管。」

「如果真的是骨折就要住院了。」

「那不是很好嗎？回到你原本的房間，再像之前一樣。」

再像之前一樣陪妳出去玩嗎？

森見沒有把話說完，我想她應該是這個意思，至少她臉上的笑容是這麼說的。

我們並肩坐在爬滿青藤的公車亭裡，照以往的經驗，她不可能在我身邊，而是應該被留在那片樹林裡才對。

為什麼她沒有死呢？

同樣的問題，依然在我腦中打轉。

而且，我們已經相處了好一陣子，這幾個月，幾乎所有的時間我都和她在一起，照理來說她已經成為我最親近的人了才是。

所以她早就該死了。

難道，有些人真的能不被我的厄運所影響嗎？

不對。

如果我這麼想就正中神明下懷了，祂就是想讓我看到希望才故意留下森見的命。再說我也沒有忘記森見依然是抱病之軀，就算我不殺她，幾個月後她也會死。

還是說這才是神讓她活著的原因……？

現在才要我接受人生還有被救贖的機會，未免太遲了。

「怎麼了嗎？貳米先生。」

「不，沒什麼……」我搖了搖頭，驅散紊亂的思緒。「只是在想接下來該怎麼辦。」

「有機會再嘗試吧。」她望向前方說道：「還剩下多少日子，我多少還是有種模糊的感覺，如果真的來不及，會提早跟你說的。」

「麻煩妳了。」

「倒是貳米先生，警察那邊你打算怎麼應付？」

「總會有辦法的。」

「什麼辦法？你已經跟警察坦白了不是嗎？」

「是這樣沒錯。」我盡可能以平穩的語氣說。「不過距離被定罪甚至服刑還有好一段時間，何況那個警察也告訴我，我可能不會被當作普通罪犯看待。」

「那是什麼？精神病患？」

或許吧。我說。就算我認為我和普通人沒有什麼不同也沒用。

一個人活著正常與否，從來都不是能由自己界定的，只因為一點差異就必須被整個社會劃清界線，在這提倡自由的世界裡實在是很弔詭的事。

「反正都還久，久到妳不會有機會看到。」

說完，我偷偷觀察森見的反應，只見她雙手握拳，低垂著頭不發一語。

於是我只好補上一句：「所以不要擔心，在那之前我會想辦法讓我們兩個都死掉。」

「嗯。」

事到如今她還願意相信我嗎？我已經不想再去思考這個問題了。

這句話不僅是說給森見聽，也是說給我自己聽。

原本不該走到這一步的，本來我們都應該留在那片樹林裡的。

昨天晚上，在機車衝下山崖前我其實想過。如果森見死了，而我還活著，我該何去何從。

屆時已經沒有回頭路的我，恐怕會嚐到遠超乎生死的痛苦。

山道盡頭的轉彎處，一輛舊型的高底盤公車正朝我們的方向駛來。我伸手招呼，待到公車開門，沁入骨髓的劇痛才從踏上階梯的左腳傳來。拐杖被我留在車站，多虧森見攙扶，我才不至於完全失去重心。

「森見。」

「怎麼了？」

「幸好妳還活著。」

「你在說什麼傻話呀，貳米先生。」

同時我也想向她道歉。

我從來沒想過，先一步撕毀契約的人會是我。

即便換了房間，同一間醫院帶給人的氛圍依舊不會改變。窗外的景色變了，變成空蕩蕩的路面停車場，但我還是下意識地想起那棵枯樹。

我看著被石膏包裹的左手，覺得這隻手像是手術後才被安裝上去的，不像是曾屬於自己的一部分。

這是第三天了，也是醫生評估我可以回家靜養的日子。

那天到院後，我就被送去做了全身檢查。我還記得負責照料我們的美苓給了我一個充滿個性的白眼。

結果，我以為摔斷的左腿實際上只是普通的挫傷，倒是左手經X光檢查後發現手掌好幾處骨頭移位了，是不開刀沒辦法解決的傷。

這是第三天了。

距離康復肯定還要花上好些時日，但占據床位的理由已經消失了。就算這是間冷清的醫院也一樣。

在櫃台辦完手續後，我想應該要再去看森見一面。上一次我沒有這麼做，理由是因為我知道我們還會再見面，但這次就不一樣了。可能跟面對文玥的心情多少有幾分相似，我想在履行某個決定前再見她一次。

我走上樓梯，來到六樓。

正打算敲門前，就聽到裡面傳來森見的聲音。

「不是已經沒救了嗎？就算開刀也沒有意義吧？」

接著，我聽見男人的聲音，對比森見的音量，男人說話聲小到幾乎聽不見。

「多少次都一樣，就算切了還是會再長出來。每次換藥都說會好，哪一次真的好了？」

我將耳朵貼在門板上，聽見醫生的聲音，他告訴森見，即使到了這個階段首要目標還是抑止癌細胞增生，只要患者願意配合，透過藥物與支持療法康復的案例依然很多。

「而且如果有合適的捐贈者，大部分的患者都能——」

「大部分人。」森見打斷醫生的話。「但我的狀況跟先天遺傳有關，沒有治癒的方法，這是你告訴我的，難道你忘了？你早就明白我會有怎樣的結果了吧？」

我想同樣的對話已經在這間病房重複了好幾次。打從森見第一次表示拒絕治療時，醫生肯定就向她解釋過了。

「明明讓我待在這慢慢等死就行了，為什麼還要逼迫我去做那些檢查、吃那些沒用的藥。還是說這樣醫院賺不到錢？那你可以直說，不用捏造這些漂亮話騙我。」

「林阡海，妳也還沒找到方法不是嗎？」

這次是美苓的聲音。

而當她的話音落下，房內也迎來了沉默。

「我知道了。」

良久，森見才開口。

「再給我一點時間，讓我想一想⋯⋯」

只要咀嚼森見的話，腦袋就會變得越發昏沉，我只好蹲在病房前，雙腿難以支撐身體的重量，那天墜落後所帶來的疼痛感，總是在我不需要它時造訪。

門開了，白袍的醫生走了出來，詢問我發生什麼事，我告訴他我很好，只是需要休息。他看了看我手上的石膏，沒再多說什麼，只留下一句「保重」便離開了。

我忽然覺得剛才打算敲門的右手也像裹了石膏一樣沉重。明明森見就在門的另一端，我卻覺得就這麼離院也沒什麼不好，反正我們也沒有真正向對方道別過。

雖然早就知道森見沒救了，但剛剛那些話，我想森見是不可能說給我聽的，至少，她絕對不會把這份情緒遷怒到任何無關的人身上。面對我時，她就像是在談論朋友的日常瑣事一樣告訴我：「嘿，我很快就不在了。」

純白的空間唯獨我在此刻顯得格格不入。

「你來找森見的嗎？」

我抬起頭，看見美苓正望著我說道。那雙總是帶著厭世氣息的眼睛，此刻僅沾染上幾分疲憊。

「嗯。」

「森見。」她回過頭，對房內喊道。「有客人。」

我沒有聽見森見的回應，但美苓卻說：「進來吧。」

「妳呢？還有其他事要忙？」看見護理師還留在原地，我問道。

「暫時沒有。純粹是因為現在的她不想看到我。」

我點頭表示理解。

森見的病房和我上次造訪時沒有什麼不同，但可能是因為醫師才剛來過，我總覺得有種不協調感，就像是送走來訪的朋友後家裡常有的那種氣氛，說不上哪裡不對勁，但就是有某個地方沾上了陌生的味道。

「你那是什麼打扮？待會要去吃餃子嗎？」

一看見我左手的石膏，森見就笑了出聲。

「這跟餃子有什麼關係？」

「我在說笑話呢。」

「別說這種只有妳聽得懂的笑話。」

本來我是來道別的，可是所有感性的語句在見到她之後就被我忘得一乾二淨。我想不到該說什麼，只好坐在她床邊的圓凳上，對著窗外說了聲：「天氣真好。」

「哪裡好了？」她問。

「出大太陽呢。」

「我喜歡雨天。雨天對我才是好天氣。」

「別老是這麼特異獨行，而且雨天出門很麻煩。」

她搖搖頭，接著問道：「你的手怎麼了？」

「沒怎麼，就只是骨折了。那天摔下來後我一直以為受傷的是腿，沒想到真正嚴重的是手。」我揮了揮腫得跟卡通人物沒兩樣的手臂，腫脹伴隨的灼熱感到現在還沒有褪去。

「你的神經系統真是一點用都沒有。」

「它們早就失靈很久了，建議妳也換成跟我一樣的配備。」

森見又笑了。比起天氣，顯然挖苦彼此才是我們共通的語言。

「所以，你來找我是……？我得先聲明，今天下午我還要去聽醫生的報告，沒辦法陪你去找松露。」

「那還真是可惜，不過我其實只是想告訴妳我要出院了。」

「又要出院了？」

「是啊，又要。」

「其實你就算不跟我說也沒關係，這幾天你也沒有來找過我不是嗎？我連你住在哪一間房間都不知道。」

背對窗戶，陽光燒灼著我的後頸，裝著三百萬的手提箱就放在森見的床底下，就像是對每個知道它存在的人說，只要想要，隨時都可以拿走它。

「反正也不重要，住在哪裡都一樣。」

只要我想，隨時都可以見到妳。

「回去後，你——」

「我會再想想辦法。」

「嗯。」

「那我走了。」

我起身走到門邊，忍不住又回過頭，看見森見正盯著被她放在櫃子上的包包。察覺我的視線，她才慌張地朝我揮了揮手。

我知道她在想什麼，也知道那把刀還放在裡頭。

只是我們仍然沒有道別。

僅僅揮手，什麼也沒辦法證明。

出院的隔天，我到租屋處附近的派出所，請那裡的員警幫我連絡那天來訪的警察。記得是姓陳，叫小陳。

我告訴他們我是集體自殺案的關係人，起初他們還一頭霧水，直到我把日期和地點都詳細告訴他們，才有警察拍了掌心說：「是那個啊。」

看來我的事倒也還沒被完全遺忘。

警察通過電話確認後，把我帶到辦公室後的小房間。派出所沒有跟警局一樣的偵訊室，但四方方正、沒有多餘雜物的空間還是能發揮相同的功能。

正中央放著一張長鐵桌，我坐在裡面的位子，桌上放著一碗米果，是其中一個警察拿來的，告訴我可以隨意享用。這不是囚徒應受的待遇，我不知道小陳是怎麼交代他們的。

房間的門敞開著，我沒有食慾，也沒有拿出手機消磨時間的打算，牆上的鐘滴答作響著。

長針劃過四分之一的半圓，我看見小陳警察的身影出現在派出所門口，肩上依然掛著同款的斜背包。

和所內的警員交談一陣子後，他往我在的小房間走來。

搶在他開口前，我先一步說道：「我一直在等你們連絡。」

「那還真不好意思，最近事情比較多。」他拉開我面前的椅子，坐了下來。「最近有看新聞嗎？」

「沒有。」

「有個大學生好端端騎車卻被人打死了，人還沒抓到。這幾天新聞都在報。」

「是指大學生慘還是你們慘？」

「都慘。」

我注意到他的額頭上滿是汗珠。

「所以那天之後，你又想起了什麼嗎？」他說。

「我能說的都說了。只是因為遲遲等不到你們的電話，才想乾脆主動找你們。」

我再次探頭確認，門外的警察都在位子上處理事務，沒有人在聽我們說話。

這也無妨。

只要待在警局，讓小陳替我錄下口供，事情應該就能暫時告一段落，餘下的，也僅是等候警察或檢察官發落。

說到底，我就是想做個了斷罷了。

但小陳的態度卻出乎我意料。

「所以……真的沒有什麼事情是被你忘掉的？」

「忘掉？我還能忘掉什麼事？」

「例如你和那幾個人，尤其是那個女生認識的過程。你們真的是只見過一次面的網友而已嗎？好好想一想吧。」

「我完全聽不懂你在說什麼。」

「你都叫她茉莉吧，她對你做了什麼，我想你不可能忘掉才是。」

接著，小陳看著我的手腕說：「能讓我看看嗎？」

我下意識將右手抽到桌面下。

「疤痕應該還在吧？」

「沒什麼好看的。」我說：「之前也告訴你了，我自殺過好幾次。」

「如果我再問一次你自殺的理由……」

「我還是會給你一樣的答案。」

我垂下眼簾說道，眼角餘光，看見他吐了一口氣。

「好吧。這些傷，茉莉都知道？」

「就說我們只是網友了，我沒有義務把這些無聊的瑣事也告訴她。」

「明白。」

嘴上這麼說，我卻看見小陳把手伸進被他扔在身旁的斜背包裡。

擰在他手上的，是一張醫院常見的驗傷單。

「借用這格式比較好說明，想請你過目。」

驗傷單的人體圖樣上有許多紅色的註記，每一個記號旁邊都有幾行小字描述傷口的狀況與受傷的原因。

但是，描述的方式卻很怪異。

一九年八月，我問貳米：「為什麼人類沒有翅膀呢？」，所以帶他去頂樓，如果是這樣的高度應該就沒問題了吧。

這句話，連接到人體的雙腿，寫著「雙腿多處開放性骨折」。

一八年一月，貳米喝下我幫他調的飲料，睡著了。當初羅密歐就是因為茱麗葉賴床才會死，不知道貳米能不能準時醒來呢？

同樣，這句話的下方也有「咖啡因中毒」的附註。

一八年四月，連續陰雨綿綿的日子，「吊上去吧。」我這麼對貳米說。「由你讓天空放晴吧。」他就照做了。好孩子。

「機械性窒息」。

一八年十月，因為想看血的顏色又怕痛，所以請貳米幫忙。

「割腕」。

一九年三月，貳米說上次太痛了，對不起對不起對不起對不起！所以這次嘗試不會痛的方法。

「一氧化碳中毒」。

除此之外還有許多類似的記述。

而每一道刻在人體上的傷，都與我身上的疤相吻合。

簡直就是把我過去的自殺紀錄濃縮在一這張紙上了。

但重點是，這個「我」是誰？

「都沒錯吧？」

小陳的聲音喚回我的意識，他的雙眼正閃爍著銳利的光芒，我知道他肯定看出了我心中的動搖。

「前兩天，茉莉的家人……記得是她姑姑吧，整理遺物時發現的。我們一直以為能從她的電腦或手機找到跟這案子有關的線索，沒想到她的作法比想像中老派。」

「你是說……遺書嗎？」

「我不確定這能不能算遺書。」

說著，他又從背包裡拿出另一張紙推到我面前。

那是一封信的影本，不過只節錄一小段內容，同時還有一部分的內容被塗黑了。

……為了完成我的夢想，這幾年來，我們做了許多嘗試，因為我是個非常怕痛的人，讓貳米受了不少傷，我覺得很抱歉。不過沒關係，很快就結束了，已經不再是只有我們兩個人了，只要大家同心協力，一定沒問題的……

我還沒讀完整段文字，就感到反胃。什麼夢想、什麼嘗試，這些詞我一次都沒有聽茉莉說過。

看起來更像是某個人捏造的惡趣味故事，只不過書寫的對象剛好是我罷了。

「礙於規定，我沒辦法把完整的內容給你看，但類似的信件還有很多封，比起遺書，更像是筆記。上面詳細記載她是如何控制你陪她一起自殺的過程。我說，你們根本不是什麼只見過一次面的網友，墨先生，你是把茉莉當作你的戀人了吧？」

「不……才不是這樣。」

但小陳卻無視我的話逕自說了下去：「是因為想維護她的名聲才打算一個人承擔嗎？我不知道你是怎麼想的，但茉莉已經死了，你還有未來。你沒必要為了她葬送自己的人生。」

「我的人生早就……」

「茉莉就是我們一直在找的主謀。你被利用了，墨先生，幸運的是她一直對你抱持著罪惡感，所以最後一刻才會把你推出車外。」

「不是的。」

我再一次說道。

「才不是這樣！這些都是假的！」

「很遺憾，我們已經請人做過筆跡鑑定，另外也從她的家人口中得知，茉莉有一個從三年前就密切往來的男性友人。」

他看了我一眼說：「雖然還沒有查出那個人的身分，現在看來也沒這必要了。」

「不對，那個人不是我。一定是哪裡搞錯了，我跟她根本就……」

我的理性正在被侵蝕。忽然想起騎機車墜崖的那天，夢境裡的茉莉告訴我，她不想讓我死掉。

我一直以為那是夢，不是記憶，但夢裡的一切卻又過度真實，像是交織了記憶殘片所編出來的網子，在我墜落時將我包裹住。

我們四人是幾個月前在網路論壇相識的朋友，但在茉莉遺留的信件裡，我是戀慕她多年，願意為了她付出一切的人。

如果這是真的，那我對文玥的感情又是什麼？我告訴森見的一切又有什麼意義？

「已經結束了，墨先生。沒必要再折磨自己了。不管現在有多痛苦，等十年、二十年，只要你還活著，這個缺口肯定會被其他事物填滿。」

「你說的缺口是指茉莉嗎？」

「答案你自己最清楚。」

我搖了搖頭。果然這個警察還是什麼都不懂。

就算到現在我還是參不透他的性格，卻能感受到他是個好人。從我們第一次見面，他就不斷鼓勵我繼續活下去，我不知道這是不是警察安撫人犯的一種手段，但換成是我，絕對沒辦法堅定地對著某人說，請他活下去。

他默默地將茉莉的遺書還有驗傷單收回背包裡，談話結束了。

走出派出所，他詢問是否要順道載我回租屋處，我拒絕了。我告訴他我想要一個人靜一靜。

「就只是散散步而已，不會做什麼的。」

我如此承諾，小陳像是還想說些什麼，最後卻只是點了點頭道：「保重。」

天已向晚，他的機車很快越過我，身影消失在夜幕籠罩的馬路彼方。

我捲起右手的袖子，腕上的傷口癒合，但總是會有一道永遠淡不去的疤痕。我曾想過等我被上了銬，這條疤就不會再變得如此顯眼，如今卻要我脫下還沒能戴上的鐐銬，疤痕下的血色又變得更加鮮明。

這也是玩笑的一部分嗎？

「茉莉……」

我不自覺喊出那個女孩的名字。

就像我連她的真名都不曉得，我這才發現我對她一無所知。

34

茉莉曾告訴我她在一間咖啡廳打工，店名是Sirius。

那是夜空中最亮的恆星名字，卻是一間開在巷弄裡的小店。門口擺著標示今日特餐的小黑板，中午時間，店內沒有多少客人，套用森見的話，這個時間會待在餐館悠閒的人多半是些無所事事的傢伙。

門鈴響起，我走進店內，鞋子在木地板上發出沙沙的聲音。無視吧台的位子，我在最深處的雙人座坐了下來。

店主是一個頭髮花白的男人，年齡大概五十幾歲，今天似乎沒有服務生值班，整間店由他一個人管理。

在我就坐後幾分鐘，他才踏著緩慢的腳步來替我點餐。對現在的我而言，這種散漫的氣氛反而更能讓我放鬆。

「要點什麼？」

我沒什麼胃口，出門前又才剛喝過咖啡，只好隨便叫了杯綜合果汁。

「一杯綜合果汁。還要什麼嗎？」

「不用了……那個，今天沒有其他人在嗎？」

「什麼其他人？」店主皺了皺眉。

「打工的工讀生。」

「您在說什麼呀？客人。這裡的生意看起來有好到需要請工讀生嗎？」

我探頭望去，店裡只有兩組客人，一對年老的夫妻，各自在讀手上的書，和一個穿著Polo衫的青年，正在敲打筆記型電腦。

「您是第一次光顧吧。」

店主的語氣沒有上揚，儘管他說話的速度就和他的腳步一樣緩慢，卻同樣給人堅定而踏實的印象。

「……是的。」

「您可以說是沒有生意的關係，但我不會忘記來過店裡的客人長相。如果想應徵打工的話，最好還是先光顧幾次，習慣一下這裡的氣氛比較好。」

若不是店主臉上的笑容，我恐怕分不清楚他是不是在開玩笑。

我告訴他我不是來求職的。

「我有個朋友告訴我她在這裡打工。」

「喔？」

「因為某些緣故，我已經沒辦法聯絡到她了，所以想來這裡看看，至少……」

至少什麼？我也不曉得。光是待在這間咖啡廳就能更了解茉莉的想法嗎？天底下怎麼可能有這種事。

明明沒有說謊，我卻覺得很心虛。

「我知道了。」

店主了然於心地點點頭。

「很遺憾，我從來沒有請過任何人打工。雖然跟事實有出入，但能被她提到，我也感到很榮幸，代表她應該很喜歡這間店。」

「您說您會記得每一個來過店裡的人的長相。」

「是啊，就算是像你這種只光顧過一次的客人也一樣，這點我還滿有自信的。」

我心想這或許是個機會。

我已經知道茉莉說謊了。過去我們聊天時，她所告訴我的，有關她的一切恐怕都是假的，但我相信天底下沒有百分之百完美的謊言。

至少她所說的這間咖啡館真實存在。

我拿出從網路新聞擷取的茉莉的照片，將她遞給店主人。

「喔……是她啊。」店主的眉毛抽動了一下。

果然，如果茉莉不是員工，那肯定就是客人了。

「您認識她吧。」

「認識，我正想說已經好一陣子沒看見她了呢……」

聽完我剛才的話，我想店主人已經知道茉莉發生什麼事情了。

接下來我該問什麼呢？就算茉莉是這裡的常客，也不代表店主人就會對她有所了解。線索到這邊就中斷了，我並沒有因此拉近和那個死去女孩的距離。

「不好意思，問了奇怪的問題。」

「不，不會。」店主微笑道。「您說要一杯綜合果汁吧，那麼請稍等我一下。」

再次向店主人道謝後，我的思緒進入空白。

店裡正播著古典樂，不是我這個外行人所能判讀的曲目，輕柔歡快的曲風與我沉窒的心情形成對比。

我對茉莉到底知道多少呢？她在一間投資顧問公司做資料編輯，除此之外還有一份咖啡館的打工，雖然工作時間長，但沒有什麼壓力，每個月繳完房租水電後還有一筆錢能自由揮霍。沒有時間談感情，也不打算結婚。有一群從高中時代就認識的朋友，到現在還是保持著每個月會聚一次的頻率，其中有個朋友去年兒子出生了……

我還記得。

就像Sirius、就像誇口自己記憶力的店主，我從以前就很擅長記憶。全球暖化的京都議定書上寫了什麼、喜歡的漫畫家曾說過什麼名言，這些可有可無的小事總是讓我想忘都忘不掉。

這是茉莉的故事。

但我卻不知道幾分是真幾分是假。就像我不知道那天穿著寬鬆居家服陪我一起喝酒的她是茉莉，還是自殺當天精心打扮的她才是茉莉。

兩鬢斑白的店主人回來了，托盤上擺著玻璃杯，玻璃杯被檸檬黃的色彩填滿。

「這是您點的果汁。」

「謝謝。」

我喝了一口，雙頰邊的肌肉立刻被酸味弄得發麻，就好像被人在嘴裡塞了個紡錘，紡錘的針線不停穿過肉壁似地。

「好酸。」我說。

「是吧？」店主笑著說。「原本不是這個味道的，但我們會依據客人的口味做調整。」

「這不合我的口味。」

「我知道，因為這是每次都坐在這個位子上的客人的口味。」

店主在我對面的位子坐了下來。

「她每次都只會點一杯果汁，而且這杯果汁只有檸檬、葡萄柚和一點山椒，其他什麼都沒加。我自己也不認為這樣會好喝，但她就是有她的堅持。」

「怪人。」

「是啊，是怪人沒錯。你都怎麼稱呼這位怪人朋友？」

「我不知道她本名，都叫她茉莉。」

「我也不知道，只知道她姓林。」

「普通的店主人可能連顧客的姓都不知道。」

「因為是熟客。」店主人說：「沒辦法來店裡時，她就會叫外送。她住得離這裡不遠，如果店裡沒事我就會送過去。」

「您親自送？」

「因為這是間跟不上時代的小店呀。」

我不是這個意思，如果店主人知道茉莉的住處，那一切就好辦了。

「能告訴我她住在哪裡嗎？」

「這個嘛……」

「拜託您了。我有很重要的事情非得弄清楚不可。」

「您說的那件事，只要去她家一趟就能弄明白了嗎？」

「我認為是這樣。」

我知道站在老闆的立場沒辦法把顧客的住址告訴我，何況茉莉還是獨居的女性，唐突打聽她的住址，會被當作可疑人物也無可厚非。

可是我不能放棄。

就像來到這間咖啡廳一樣，再微小的線索，只要有丁點可能性我都不會放手。

「我知道了。」他哀傷地微微笑道：「畢竟你也說是沒辦法再見面的朋友了。我想，她應該也沒辦法再來這間店了吧。」

我點點頭，沒有再多言。

接過店主人抄寫的地址後，我逼迫自己把那杯果汁喝完。不是為了店主人的面子，也不是因為茉莉，就只是單純想把空杯留在桌上。

踏出咖啡館前，店主人叫住了我。

「等找到答案後，歡迎你再回來。」

我告訴他我會的。

就算會淪為無法兌現的承諾也無所謂。

因為我相信茉莉也會這麼回答。

店主給我的地址離我的租屋處很近。這恐怕是茉莉唯一沒有捏造的謊言，否則自殺那天我們就不會在公園巧遇了。

還是那次的相遇也是茉莉的安排？茉莉知道我的過去，知道的遠比我告訴她的還要多，就算我再怎麼不願相信，這都是事實。她所知道的我，絕非在網路上僅有一面之緣的陌生人。

那麼這樣的她又是為了什麼才捏造這些信件呢？

如果這仍然是場夢境，那子夜的鐘聲也該敲響了。

茉莉的住處和我很相似，同樣是巷弄裡的老公寓，頂樓還有加蓋的鐵皮屋。一樓鐵門的郵箱裡還塞著電信公司的繳費單，突出的一角被壓得皺巴巴的。

「是來拿剩下的東西吧。」

在我猶豫要不要抽出繳費單時，身後傳來聲音。是一個推著菜籃車的老婆婆。

「是那女孩子的誰嗎？」

她看著我伸到一半的手問道，我卻支支吾吾地一句話也說不出來。

「那就是男朋友吧。」

老婆婆好像擅自理解什麼，雖然想告訴她誤會了，但一想到茉莉留下的信就覺得否認會更麻煩，即便那只是茉莉的妄想，妄想中的我也對她抱持著很深的執著。

一個素昧平生的人沒有拜訪的理由，既然如此，就沒有比戀人更貼切的身分了。

「這樣啊，那等我一下。先進來吧。」

我很順利就走進公寓。如果我真的是茉莉的男朋友，為什麼在她死後那麼久才出現呢？我不知道老婆婆是怎麼看待我的，但她什麼也沒多說，這個問題對她而言似乎不太重要。

我被招待進老婆婆的住處。坐在人造皮的沙發上，電視櫃擺著幾副相框，大多是她與家人出遊時的合影。

「謝謝。」我接過老婆婆遞來的茶。「不好意思麻煩妳了。」

「不會麻煩，房子還沒有租出去，東西都還留在裡面。還好當初沒有急著扔掉，如果你需要就直接拿走吧。」

說著，她打開牆上的鑰匙櫃，從裡面拿出一把鑰匙交給我。

「在那之前有其他人來過了嗎？」

「她的家人有來過。朋友的話，你是第一個。」

家人應該就是指茉莉的姑姑了，就是她發現那些信件交給警察的。

再次向老婆婆道謝後，我拿走鑰匙，爬上三樓。

打開房間的門，陽光正透過落地窗灑落進來，照出懸浮的灰塵微粒。

這裡就是茉莉的房間。

可能是因為曾在視訊裡見過，即使不是全貌，也能想像出房間大致的格局，所以我並不感到陌生，反而有種熟悉感。

和我房間差不多大小，衣櫃和浴室分別在玄關兩側，沒有分隔出額外的房間，書桌和床在同一個方位，而且陽台還有能擺放花盆的空間。

招待客人時才會擺出來的矮茶几被摺起來放在牆邊，一旁還有幾個紙箱，裡面大概裝著茉莉的私人物品。

環視一周，房間已經被整理得相當徹底，幾乎是隨時可以讓下一個住客搬進來的程度。

我將茶几擺到房間中央，席地而坐，想像面前有一部筆記型電腦，想像幾個月前的她就是像現在這樣，和我隔著一層螢幕聊天，喝著第二件六折的廉價罐裝酒。

她從來沒有提過家人的事，而她口中的朋友是否存在也不得而知，但老婆婆也說了，茉莉死後，沒有一個朋友來訪過。

在那之前她到底過著怎樣的人生？

寫下信裡的文字時她是抱持怎樣的心情，而將我推出車外時又是怎麼想的呢？

就算來到她生前的住處，能回答這些問題的人也早就不在了。

陽光逐漸變得刺眼，我將窗簾拉上並打開電燈，接著把角落的紙箱拉到茶几旁。

我並不打算帶走什麼，也不想觸碰太多茉莉的個人隱私，我只是抱持著不太可能的期望，祈禱警察在蒐證時遺落了某個線索，也祈禱那份線索依然被留在她的房間裡。

紙箱裡面盡是些衣服和雜物，我並沒有一件一件挑出來翻看，那些衣服的款式讓我想起自殺當天茉莉的穿著。她不像是會刻意追求名牌的人，這堆衣服看起來也都散發著廉價的氣息，但這不代表她不注重自己的外貌，至少我最後一次見到她時，是打從心底覺得她很漂亮。

除了衣服，還有棉被及一台手提式吸塵器，就算加上被警察扣押的電腦和手機，以一個女生的所有物而言依然少得可憐，但這就是茉莉全部的財產了。就連蓋子上面寫有「＄」符號的餅乾盒打開來也是空無一物。現金和存摺去哪了？可能前陣子來的親戚把它們都拿走了，也可能在死前茉莉就已經把它們處理掉了，我不知道答案，就像我也不知道紙箱裡的東西是不是茉莉自己整理好的一樣。

如果讓我打理，不用三十分鐘房子裡的東西就會被淨空，但是它們都被留了下來。主人離開後，這些東西就不會再有跟其他人產生交集的機會了。

我也不打算帶走任何東西。

我將最後一個紙箱打開，這次裡面裝著一些書還有電子繪圖板。

看來這箱子裡收藏的是茉莉的興趣。

即便在我的記憶中，茉莉從未提及任何有關書或繪圖的話題，可是既然她所有的一切都是假的，那也沒什麼好意外。

我到底想知道什麼呢？

找到茉莉生前喜歡的咖啡廳，又循線來到她的住處，我真的只是想更了解她嗎？

絕對不是這樣。

我真正想知道的是茉莉捏造那些書信的理由，以及她對我說謊的原因。

直到看見那堆書，我才想起這個初衷。

同時也找到了答案。

即使編造了許多謊言，但就像她家人的事一樣，促使自己走上絕路的原因，她隻字未提。

而透過那堆被壓在最底下的泛黃書本，我突然想通很多事。譬如她說謊的原因以及她編造信件的理由，甚至連那片繪圖板也讓我想起過去曾有過的某段對話。

——我想留下什麼，想讓人沒辦法輕易把我忘掉。

走在校區的紅磚路上，與無數同齡學生擦肩而過的她，是這麼告訴我的。

我的拇指撫過書封，鮮紅的背景與斗大的作者姓名就像是要刻意吸引人注意，讓我遲遲無法移開目光。

我無意識地唸出她的名字。

「森見……」

「這樣就行了嗎？」

前天，我走出森見的病房時，美苓就站在門外。

「比想像中還快，我以為你會待更久。」

「什麼意思？」我問道。

「她沒有告訴你嗎？」

美苓盯著我，我卻完全聽不懂她在說什麼。

「那也沒辦法。」她嘆了口氣。「喂，出院前，陪我吃頓飯吧，你請客。」

我們在醫院的餐廳找了一個角落的位置，美苓依然穿著制服，有些客人看見她會忍不住多瞧兩眼，但她卻不在乎似地咬著從便利商店買來的麵包。

她將桌上的另一個麵包推給我，我撕開包裝袋，學習她的樣子，小口吃著麵包。

「有些話我不想在那裡講。」

解決麵包後，她用面紙擦了擦嘴，說道：「而且休息時間有限，不吃點東西不行。」

「所以是什麼話？」

「在那之前，你應該都聽見了吧？那孩子反彈這麼大，我想整條走廊都聽得到。」

「因為醫生要她繼續接受治療吧。」

「嗯，差不多是這樣，不過病患本身不願配合，我們也沒有辦法。」

「那是因為她知道醫生在騙她。」

以前我就聽美苓說過森見沒有治癒的可能了，即使有，機率也低得讓人沒辦法抱持樂觀的態度面對。最明白這點的肯定是她的主治醫師，但作為醫師又沒辦法挑明，只能繼續要病患別放棄。

「不能說是騙，否則所有醫生都是在欺騙病人，因為人終有一死。」

所有的醫療行為無論治癒與否，都只是在強行替患者延命。這也是美苓曾告訴過我的話。

「我聽森見說她已經放棄治療很久了。」

「差不多是從你住進來之後吧。雖然在那之前她就知道自己沒救了，不過放棄是這幾個月的事。」

「為什麼？」

「沒為什麼，這是病患自己的決定，就算知道原因也不該由我告訴你。」

美苓淡然地說，接著將那份被她放在一旁的文件夾推給我。

「這是什麼？」

「我不小心弄掉的檢查紀錄。」

不想親口說，只能用這種方式告訴我。我明白她的意思，便自行將文件夾裡的東西抽出。

那是好幾張X光照。

許多臟器都被雲霧狀的團塊遮蔽，看不出剪影的形狀。
就算是不具備醫學知識的我，也猜得出這些照片有什麼意義。
「森見還剩下多少時間？」
「不知道。有可能某個器官因為癌細胞增生徹底失去原本的功能，或是腫瘤壓破某條重要的血管，那就會在我們都來不及發現的時候走掉。尤其在她拒絕任何療程的情況下，狀況只會越來越糟。」
「那她現在吃的藥是什麼？」
「止痛藥，你也可以說是安慰劑。」
聽見美苓的回答，我霎時失了聲。
「如果她沒有死於癌症，早晚有一天也會被止痛藥的劑量殺死。墨祉然，你覺得這是誰的緣故？」
不用她說我也知道答案。
都是因為我遲遲無法下手，森見才被迫要繼續承受這份痛苦。
即使當初我沒有答應她，她的痛苦也不會減輕，但正因為我接受了這份提議，才給了她死去的希望。
她相信我會殺死她，所以她一直在等，無論多麼痛苦，她也會繼續等下去，直到我殺死她的那天到來。
「我也不知道為什麼。」

「什麼？」

「我明明就試過了，試著帶她一起死，可是卻沒有成功。」

我舉起左手。「而且受傷的人只有我，照理來說從那種高度摔下來，森見一定會……」

「那也是因為你的緣故吧，就是因為你堅持要拉人跟你一起陪葬才會失敗。否則對你而言，再多殺一個人也無所謂。」

「森見跟妳說了？」

「就算不說我也知道。你住院的那段期間，警察那邊是我們幫你擋下來的，即使是警察也不能打擾病人休養。」

雖然殘酷，但美苓說得沒錯。固然多殺一個人要承擔的罪責會更加嚴重，甚至有伏法的可能性，但撇除現實面的問題，一旦披上殺人犯的身分，一條人命與一百條人命恐怕也沒什麼差別。

了卻過去的緣分後，我的人生已經沒有任何遺憾。如果無法死去已是既成事實，那被定罪與否也不是那麼重要了。

「墨祉然，你說神會用讓你最痛苦的方式奪走你重要的人對吧。」

「……我認為是這樣。」

起初，我以為不幸只會帶來肉身的苦痛。與我熟識的人容易受傷，與我親暱的人則會死亡，但遇到文玥之後，我明白祂所能操弄的遠不止身體的皮肉傷這麼簡單。

畢竟祂留下文玥的性命，卻奪走她用來彈琴的手指，那等同於否定了文玥過去十幾年的人生。

而真正促成這場悲劇的人不是祂，是我。文玥離開前對我說的話，我遲遲沒辦法忘記，往後的人生我也會繼續帶著這份歉疚活下去。

「那麼我想問你，神明用什麼方式對待森見會讓你最痛苦？」

如果那天摔下山崖，只有我一個人活下來我肯定會很悲傷吧。因為這就像是和茉莉他們自殺時一樣，唯獨我被留了下來。

這是我腦中第一個浮現的想法。

但神明卻沒有做出相同的選擇。

代表還有比這更能讓我難過的結局。

「墨祉然，你真的想殺死她嗎？」

「我……」

「到目前為止，你只是拉著她陪你一起自殺而已。這根本不算是殺死她。」

「妳的意思是……？」

「比只有你一個人活下來更糟糕的結局。」她說。

「就是你來不及殺死森見，讓她被病魔折磨致死不是嗎？」

因為那才能在我心中造就無可抹滅的遺憾。

「你要思考的，已經不是如何讓你們兩個人一起死了，而是搶在她死前先一步殺死她。因為這才是森見的心願，否則繼續拖下去，最難過的人會是你。」
她將桌上散落的X光照收拾好，並把空的麵包袋扔進一旁的垃圾桶。
在她離開前，我叫住了她。
「妳曾經勸我不要陷得太深。那時候妳就已經知道了嗎？」我問道。
「我只知道說了也是白說，反正這也是她要承擔的後果。」
畢竟從我接受森見提議的那一刻起，一切就已經無可挽回了。
是嗎？
我如此詢問美苓，卻得到意外但熟悉的答覆。
「畢竟是她先選擇你的。」

離開茉莉家的當天，我傳了訊息，告訴森見明天想出趟遠門。
沒有說明目的地，也沒有提到旅途時間，就只是出遠門而已。
我想到一個我能想像，最遙遠的地方。
「那是南極吧？」森見回道。
「我是指憑我自己的力量到得了的地方。」

「那不就只能去你家附近的便利商店了？」

「妳未免也太小看人了。」

而且更遙遠的地方我們不是都去過了嗎？

只是還沒有抵達終點而已。

隔天，我去租車行租了一輛小客車。一方面是機車已經壞了，另一方面，長途跋涉仰賴機車是種折磨。

到病房時，森見已經換好外出的衣服了。

「變了呢。」我說。

「什麼變了？」她披上掛在床尾的黑色薄外套，長袖蓋住她手臂上留下的孔洞。

「妳的穿著。」

「因為沒必要了嘛。」

「也是。」

我重新審視她的衣著。圓領上衣及褶皺裙乍看之下給人一種孩子氣的感覺，但不對稱的剪裁設計與黑白色的搭配卻又讓她看起來比平常更為成熟。我想這才是原本她喜歡的穿搭風格吧。

「其實我從來沒有把文玥的影子投射到妳身上。」我說。

「我知道。」

「那為什麼之前還那麼堅持？」

「可能是因為我希望能輕輕鬆鬆被你喜歡上吧。跟文玥小姐沒有關係，只是覺得穿得可愛的女生比較討人喜歡。」

「這是刻板印象，我很喜歡現在的妳。」

「說這些話都不會害羞啊？」

「妳也沒有覺得難為情呀。」

她稍稍移開視線，輕咳了幾聲。

我其實已經分不清楚讓她咳嗽的原因是什麼了。

「照你這說法，你也會喜歡上美苓。」

「我是很喜歡她沒錯。」我說。「我希望能在自己的告別式上請她擔任司儀，順便朝我的棺材吐口水，大概是這種程度的喜歡。」

「你病得不輕呢，貳米先生。」

「這句話我聽膩了。」

「我也是。」

森見拿起櫃子上的包包，和我一起走出病房。

她的身體恐怕連隨意奔跑都有困難，沿著走廊，我配合她的步伐，慢慢地走著。

就算沿途遇到醫生或護理師也無所謂，並非每個人都清楚森見的病情，就算知道也無所謂，因為之前我也是像現在這樣，帶著她一起離開醫院。

「走之前要跟美苓說一聲嗎？」

「不用了。這個時間她肯定在忙。」

道別與否都沒關係了，美苓不像是會在乎這種事的人，但礙於職業身分，未來要是有機會見面，肯定免不了被她數落一番。

儘管如此，也不能停下腳步，否則我可能就無法再催促自己前進了。

租來的中古車就停在空蕩的停車場。我拉開副駕駛座的門，森見鑽了進去，關上門的同時，車子也發出快解體的聲音。

看見她謹慎地繫上安全帶，讓我忍不住笑了出聲。

「有什麼好笑的？」

「對妳來說，不繫上比較好吧？」

她低頭，盯著握住安全帶的手。

「如果路上發生什麼事，成功的機率比較大喔。」

「不。」她說。「什麼也不會發生的。在我們到目的地之前，什麼事情也不會發生。」

「是吧。」

我想她也察覺了。

甚至那天美苓告訴我的話，就是從森見這裡聽來的。

神不會讓我帶著森見一起死，因為這沒辦法讓我痛苦。

和騎機車時不同，當總是在後座扶著自己腰的人來到身旁時，物理上的距離被拉遠了，但在封閉的鐵皮車棚下並肩坐著的感覺卻讓人感到更加親近。
我想是因為這次的目的和以往都不一樣。
已經沒必要再刻意拉近我們兩人的關係了，我們不用再假裝是朋友、是情侶，一同出遊一起玩樂，做些我們自以為知道，實際上根本一無所知的行為。
聊天的話題也好，一舉一動也罷，這趟旅程全憑我的意志決定。
特意避開高速公路，選擇走臨海的山道也是如此。
明明我不是有閒情逸致欣賞風景的人，卻還是想盡可能把映入眼簾的一切都銘刻在心中。
就算死不了，這些景色恐怕餘生都不會再有心情品味。
因為屆時能與我同行的人也不在了。
身旁的森見一直沒有說話，我以為漫長的通車時間早就讓她睡著了。
「貳米先生。」
「怎麼？」
「你要去的地方在哪裡？」
她總算問了。
什麼也沒解釋，就要她陪我一同出遠門，就算是森見，肯定也覺得這個提議相當奇怪。
在我開口前，她接著說道：「就算不說也沒關係，我只是想知道今天到得了嗎？」

「大概到不了。」

「因為你故意繞遠路吧？」

「妳還記得有一次我們跑到離醫院很遠的速食店，在那裡待了一整天嗎？」

「記得。」

來回車程花了好幾個小時，照理來說這是不必要的，因為醫院附近就有速食店，連鎖餐廳無論去哪裡都一樣，沒必要跑到那麼遠的地方去。

「特意挑上那裡，是想讓我們相處的時間久一點。」

「很抱歉，結果沒什麼用。」

「沒關係，我也不後悔。不如說，當初有浪費這些時間真是太好了。」

「南邊。」我說。

我需要一個形式上的終點，一個對我而言遙遠又陌生的地方。無論是我所知悉的城市或是關押森見的牢籠，都無法看見的土地。

「可惜我不會開飛機也不會開船，不然說不定真的會帶妳去南極。」

「那未來有機會再學吧。」

當車輛在筆直的道路上前行時，我握住了森見的手。

「我說過了，很噁心的。」

她的手心滲出汗水，我知道那也是她罹病的證明，但就像白霜一樣，我幾乎感受不到任何溫度。

「我不這麼覺得。」

像是要刻意反抗般，我稍稍加重了五指的力道。起初森見還有所遲疑，但不久後她也溫柔地握住我的手。十指交纏，用快要發疼的力道將我們扣在一起。

山景與海色相互交替出現，最後也迎來謝幕，只剩下點亮的街燈與天穹的群星相輝映。

如果繼續趕車的話，肯定能在換日前抵達，但是沒有意義，我想讓森見看的不是一片晦暗無光的景色。

我們在途經的市鎮裡找了一間汽車旅館。無論是價錢或環境都沒有經過考慮，純粹是想找一個能過夜的地方罷了。

停好車後，走上車庫旁的樓梯。一張雙人床和一套桌椅，以及老舊的映像管電視搭配底座有滾輪的梳妝台。另外，浴室的牆壁是玻璃圍成的，唯一能遮住的布簾安裝在浴室外面，顯然不打算留隱私給使用者。

畢竟是汽車旅館，來消費的族群大多是為了什麼目的我心裡也有數，所以看到房間內的配置也沒什麼好意外。

「其實睡車上也無所謂。」森見盯著太過奔放的浴室，皺著眉說。

「妳流了很多汗吧，不洗澡肯定很難受。」

「貳米先生，這種場合說這種話的你，像極了誘拐未成年少女的噁心大叔。」

「我們的年紀還沒有差到可以讓妳稱呼我為大叔，再說妳已經成年了。」

「就算是事實說出來也太傷人了。」

「看來妳總算知道我的感受了。」

意識到只能依靠無聊的垃圾話取樂後，兩人有默契地結束鬥嘴。森見把浴室外的布簾拉上，接著又從衣櫃裡翻出一件浴袍帶進浴室。我沒有告訴她今天會過夜，因為連我也沒有想到，所以她大概是想趁洗澡時順便把身上唯一一套衣服一起洗了。

我打開電視，浴室傳來水聲，我壓著遙控器的選台鍵，不同頻道在眼前快速空轉，卻沒有一個畫面能進入我的腦中。

於是我只好打開手機，想放些音樂，但手機裡的歌單都被森見推薦的重金屬樂團塞滿了，這不是現在的我適合聽的曲子。

「這是什麼？」

森見穿著浴袍走了出來，濡濕的黑髮透著水亮的光澤。

「木魚。」我指著手機裡，那個面容慈祥的和尚說。

「我知道，只是為什麼？」

「為了內心的安寧。很多寺院會二十四小時撥放敲木魚或誦經的聲音，我也是剛剛才知道。」

「這代表你的腦子充滿邪念吧。」

「有些事情就算在心裡懺悔也沒用。」

「但說出口會比較有誠意喔。」

森見垂下肩膀，在我身旁坐了下來。

我沒再回話，抓起扔在床上的浴巾，起身往浴室走去。

從她身旁經過時，她拉住我的衣角。

「等一下，祉然。」

她的語氣，還有稱呼我的方式都變了。

「怎麼？」

我停下腳步，盯著她看，她立刻低下頭，故意不讓我看見她的表情。

「不像你，根本沒有喜歡過誰的經驗。其實到現在我還是覺得很混亂。」

「別逞強了。」

我將手搭上她的肩膀，她這才終於肯看向我。

「妳應該已經發現了吧，森見。」

「你放棄了。」

我點點頭。

「我自以為只要和妳變得親近就能騙過祂，讓我能從祂的眼皮下逃走，殊不知這才是祂的計畫，因為祂知道這才是能讓我最痛苦的方法。」

森見的死無可避免，而我則是無法死去。

幾個月前我在醫院整理的規律根本沒有意義，因為這才是淩駕於一切的鐵則。

但就算如此，我也絕不後悔與森見相識。

哪怕往後的人生都要一個人度過也是。與她相處的這段日子，我首次明白自己活著有什麼意義。

「我不會忘記妳的，森見。」

如果這就是她的心願，那我就替她完成。

這是我受詛咒的人生中，唯一一件值得欣喜的事了。

「太卑鄙了，貳米先生。」

「我只是忠於自我，因為我本來就是這種性格。」

「你根本不該對一個快死的人說這些話。事到如今再讓我說我想活下去只會像個蠢蛋。」

「我好希望妳能活下去。」

「就是辦不到啊……」

陷入沉默後，我看見淚珠落在她的腿上。

「抱歉。」她說。「說好今天要開心一點的。」

「沒關係，妳一直表現得很開朗，所以今天不用再逞強了。」

我將手放在她的後腦勺，輕輕撫著。這已經是我能想到最親近的舉動了，再多跨出一步，就只是帶給我們更多傷害。

無論我多麼想留在她身邊，森見都注定得離開。

然後，我移開了手。抱在懷裡的浴巾已經沾上了洗髮水的味道。當我走進浴室時，鏡子裡的人已經紅了雙眼。

而外頭也傳來幽咽的啜泣聲。

「明天很早就要起床了。」

聽見我這麼說，森見露出有些驚訝的樣子，不過並沒有表示反彈，只是問了聲：

「為什麼？」

「想去看日出。印象中以前跟家人出遊時看過，覺得很漂亮，想再看一次。」

「我們可是往南邊走，一般人應該都是看東方的太陽吧。」

「對金星人而言太陽是從西邊出來的。」

「真是沒用的知識啊。」

從浴室出來時，森見已經鑽進被窩了，她搓著臉頰，不想讓我發現臉上的淚痕。其實淚痕早就消失了，畢竟我也在浴室待了很久，我同樣不想讓她看見我哭喪著臉的樣子。

我不想裝模作樣，一副抱持著某種矜持的樣子，本來我就沒打算對森見做什麼，所以也在她身旁的空位躺了下來。

「熄燈了嗎？」

「熄燈吧。」

確認過她的意願後，我把床頭櫃的檯燈關掉。室內陷入一片漆黑，隔著窗簾透進來的光線不知是月光還是路燈，依稀能聽見樹葉被風吹拂的颯颯聲。

雖然沒有共枕，和人同床果然還是不太習慣，棉被只有一條，而且因為房間內有空調的緣故，沒辦法颯爽地把棉被全部推到森見那邊去。

這導致我沒辦法自由活動身體，感覺稍有不慎就會驚動身旁的女孩。

肥皂和洗髮精的氣味持續刺激著鼻腔，味道的來源也有可能是我自己，我卻覺得連呼吸都充滿背德感。

我翻了個身，想確認森見是不是睡了，結果正好和她視線相對。

黑暗中看不清楚她的臉龐，只能感受到模糊的輪廓，她瞇起眼，垂下長長的睫毛，我注視著面容上最深邃的部分，迎上她微弱的呼吸聲。

「忘記吃藥了。」

「止痛藥？」

「嗯。」她輕聲道。「不過算了，不想再起來了。」

「不痛嗎？」

「痛就痛吧。能痛到睡不著覺最好，因為我也不想浪費時間睡覺。」

「那明天早上妳肯定會爬不起來。」

「沒關係，你會叫我就行了。」

聲音變得沙啞，她又連續咳了好幾聲。

「不要再說話了。」

「我還想說。吶，貳米先生，我還沒有去過你家吧。」

「我家什麼都沒有。」

「有冰箱嗎？」

「基本的傢俱還是有的。」

「那就不是什麼都沒有呀。嘿，你有沒有試著把自己關在冷凍庫裡過？」

「以我的體型應該塞不進去，就算進去，冰箱也會在我凍死前斷電，肯定。」

「真可惜。瓦斯爐呢？」

「試過了，火點不著。」

「那床呢？」

「只是躺在床上死不了的。」

「我沒有要你死啊。我只是想知道你家長什麼樣子而已。」

「床太占空間了，我鋪棉被睡覺。」

我翻了身，開始在空中比劃住處的格局。那是個毫無特色的三坪空間，除了屋齡老舊，熱水器常常點不著火外，浴室的門還沒辦法完全推開，否則就會撞到馬桶。排水孔常常塞住、紗窗有一個不管怎樣都補不好的洞、天花板還有長得像張哭臉的水漬。

真是間爛房子，可是我也從未興起搬家的念頭。因為待在那裡，甚至連房東都不會在乎我的死活。

我的世界只需要有我一人足矣，在與文玥不告而別之後，我就已經鐵了心，不再把不幸牽引到周遭的人身上。就算未來我的人生依然持續攪亂他人的命運，但至少沒有人會再遭逢像文玥那樣的事故。

本來這樣就好的。

本來我根本不需要考慮未來是不是有招待訪客的機會，就算現在才提已經太遲了也一樣。

對我而言，幸福的定義就只剩下兩個人圍著小茶几剝橘子吃了。

「貳米先生。」

「嗯？」

「你為什麼不說話了？」

「我恍神了，在想事情。」

「想什麼呢？」

「在想那果然不是能招待妳來的地方。相較起來，病房都比較舒服。」

「因為床很重要呢。」

「是啊。」

「但就算是什麼都沒有的房子，我也想住住看。」

「很快就會膩了。待在家裡的時間我不是在上網不然就是睡覺。」

「至少你在啊。」她說。「這才是重點。」

「森見。」

「我知道，我是故意的。」

我伸出手，靠近她的臉頰，食指傳來濕滑的觸感。

「因為我不想一個人哭。」

淚水滾滾落下，我想抹去它，卻只是徒勞。

她抓住我的手，接著用雙手將它包裹在掌心中。

「我能握著你的手睡嗎？」她問。

「當然可以。」

「謝謝，我很擔心醒來後就什麼都沒有了，有東西抓著的感覺比較好。」

說完，她拉近與我的距離，將我的手臂擁入懷中。雖然手腳冰冷，但呼出的氣息卻很溫熱，被汗水浸溼的身軀蓋在棉被下，我能感受到她胸膛的起伏，與深處傳來的心跳。

我想轉過身，將她擁入懷裡，好想這麼做。

就算會留下遺憾也沒關係，因為這恐怕是最後的機會了。

每過一秒，生命力就從她的體內流失。明天一早，屬於她的一切就會畫上句點。

病情讓森見盜汗的情況變得越來越嚴重，但就連我都覺得被汗水浸濕了衣袖。

我將另一隻手蓋在臉上，想抹除那黏膩的不快感，可是眼角仍不停落下汗珠。

「貳米先生，晚安了。」

我稍稍捏了捏她的手以示回應。我知道我不能出聲，一旦出了聲又會讓我們陷入熄燈前陰鬱的循環。

汗水來到冰點之後，室內的溫度也沉寂了下來。空調仍持續運轉著，將窗外的暑氣與溼氣全部隔絕。平穩的呼吸聲從身邊傳來。

我張開指縫，凝視著她的睡臉。想起今天沿途的景色，但無論當下我多麼想記住這些風景，不消一個晚上，所有的記憶便褪去了色彩。

無論再怎麼擅長記憶，卻永遠只能記住文字或數字，這些無機質的東西，真正值得我記住的事物，我一件也記不得。

就像現在面對少女的睡臉一樣，她的睫毛長而蜷曲，微微張開的嘴看起來乾澀得要滲出血，但那張熟睡的臉蛋看起來又比十九歲的她更加孩子氣了些。

這一切我都要銘記在心，直到我化為白骨，這份記憶我一輩子都不該遺忘。
但我還是好怕，和森見一樣，怕一覺醒來，一切都會離我而去。
抱持這份恐懼，我也閉上雙眼。時鐘滴答響著，就像心跳聲一樣，即便時間本身，也絕非堪稱永恆的事物。

40

睜眼醒來，森見依然睡在身邊，但不知何時已經換上了烘乾的衣服。我將手從她的懷中抽出，凝視著她的臉龐。
「森見。」
安祥的睡臉就像被靜滯在閉上眼的那一霎那般，我沒有聽見喉嚨深處的喘息，淚水化的結晶曾幾何時也消失了。
手機上顯示時間三點十二分。
不過幾個小時而已，甚至連淺眠都說不上。
我坐起身，看見電視裡投射出自己的影子，黑色的不定型團塊瑟縮在角落，抱起形似雙腿的部分。
「半年啊……」

我低聲呢喃。

——假設我半年後才會死，卻在明天就被你殺掉了，那這六個月的時間不就浪費掉了嗎？

這是森見告訴我的。

結果別說是半年了，我們在春末夏初相遇，卻連一個季節都沒能走完。

因為隨時死去也不奇怪。

我在想，要是森見能表現得更痛苦一點就好了。

但每一次見面，她卻都掛上普通少女的微笑，好讓我忘記包包裡的藥盒，以及衣服下的傷疤與瘡。

到底她都是抱持著怎樣的苦痛對我露出笑容呢？

如果能修正她體內錯誤的齒輪，我們就不會以注定無果的形式相遇了。

即便神依然會想到玩弄我們命運的方法，那也必然會在我體會到最深刻的幸福時將厄運帶來我的身邊。

「大概就像現在這樣吧。」

夏天的早晨來得特別早，再過一個多小時太陽就會出來了。

無論我多麼希望時間能停止流動都沒有意義。

盥洗後，我將森見從床上抱起，她的體重很輕，雖然裹著外套，骨架卻像是空心的，彷彿只要稍微用力就會被捏碎。

走下樓梯，十幾盞路燈下只有我們的影子。我將她放入小客車的副駕駛座，接著發動引擎。

越過雲霧纏繞的山巒，再度過奔流的河川，地平線的彼方就是無垠的海洋。風力發電機聳立在海岸線旁緩緩地轉著。

無論東南西北，太陽永遠會在夜幕消退前早一步進入眼簾。

我將車停在路畔，抱著森見慢悠悠地往近海的方向走去。陽光開始燙紅夜空，但距離高懸天球還有一段時間。

只要站在堤防上，就能把整條海岸線納入視野中。白色的公園長椅被安置在路燈下，海風捲走斑斑鐵鏽，留下裂痕和咿啞的金屬聲。

我把森見放在其中一張長椅上，也在她身邊坐了下來。就算她依然沒有睜開雙眼，我卻寧願此時我們是在眺望著同一片海洋。

「雖然一直稱呼妳森見，但妳的名字卻是海呢。」

我自言自語道。

「口口聲聲說要死，但其實最不想死的人就是妳。和妳的名字一樣，真是個矛盾的人。」

空氣中夾雜著海水的鹹味，流進嘴裡時又帶著不符合夏季的寒冷。

「不過，並不是因為妳的名字才特地帶妳來看海喔。單純是因為這是我能帶妳抵達的，最遙遠的地方。」

海洋的另一段存在著其他陸地，到了最南端還有冰山與永凍土，但越過白雪覆蓋的世界後，最終還是會回到原點。

現在就是最遙遠的距離了。

「森見。」

我握起她的手。口裡仍持續含糊細語，但我其實連自己在說什麼都聽不見了，只是想再多說點話，趁她還有可能聽見前再多說一點。

「貳米先生。」

伴隨著聲音，血液的脈動再次從掌心的另一側傳來。

「已經到了嗎？」

「嗯。」

「這是海浪的聲音吧。」

「妳看不見嗎？」

「只是眼睛還沒習慣而已。」

她揉揉眼睛，接著說道：「很漂亮呢。」

「說不定很快就會膩了。」

「已經開始覺得膩了喔，因為早就猜到了，畢竟島嶼的南端肯定只有海嘛。」

「也稍微體諒開一整天車的我吧。」我苦笑道。

「所以你才要一直陪我說話。」

雖然這麼說，但森見只是安靜地眺望海面。灰色的礫石地和深黑色的海洋，以及熾紅的天空，世界就好像只剩下這三種顏色，三種顏色構成了稍縱即逝的風景。

「森見。可以問妳一個問題嗎？」同樣面對大海，我緩緩開口道。

「如果我說不行會怎麼樣？」

「我還是會繼續說下去。」

「那就不要問這種問題了。」

既沒有淚水也沒有臊紅，蒼白的側臉勾起虛弱的微笑。

「我們會在那棵樹下相遇，不是偶然吧。」

就像是早料到我會這麼問，她只是平淡地反問道：「為什麼這麼說？」

「妳告訴我在那裡上吊會影響妳的心情，又說自己曾經也想做一樣的事。不過這些都只是藉口，從六樓看過去根本看不到那棵樹。」

我說：「而且美苓說，是妳選擇了我。」

「畢竟只有你有機會答應了。」

「不，才不是這樣。尤其在妳聽完我的事情之後更應該明白我是死不了的，要我帶妳一起自殺，從一開始就是不可能的事。」

她望著我，沉默不語。

「甚至妳應該要恨我的，妳如果真的相信我的體質會帶來不幸，那妳姊姊的死也跟我脫不了關係。」

「姊姊……」

「林陌筠，或者說……茉莉。」

她的眉毛抽動了一下，雖然是一瞬間的動搖卻也被我捕捉下來。

「妳可能會很驚訝我是怎麼知道的。畢竟妳請美苓和醫生都不能說出去，而且早在我去茉莉家之前，就已經先把所有跟妳有關的東西都帶走了。」

「你連姊姊家在哪都知道了呀。」

「剩下帶不走的大概就是那一箱書了，這是小問題，反正也可以解釋成茉莉跟妳一樣剛好都喜歡看書，剛好喜歡上同一個作者。主要還是妳刻意留下來的信。」

「什麼信？」

站在她的角度，承認可能是相當難為情的事，但我不介意，反正我已經下定決心要把我所知道的一切都告訴她了。

「妳假扮茉莉，在信裡面把我塑造成一個和茉莉相識已久，而且深深迷戀著她的人。為的就是讓警察相信我是被她操控的。」

如此一來，我就再度從加害者的身分變回受害者，殺人兇手的罪責將會歸咎於已經死去的她。

「結果成功了嗎？」

「從殺人犯變成精神病患者吧，但我想比起殺人犯，多一個神經病對警察而言不是什麼需要操心的大事，至少不是該由他們操心。」

「那就好。」

森見臉上的笑意加深了。她輕撫著我的手腕，指尖在腕上那永遠不會消失的疤痕上游走。

「妳還提到我身上的傷，於是這些自殺失敗的紀錄順勢變成茉莉唆使我自殘時留下的傷。」

「因為不這麼做警察可能會懷疑。甚至寫了也沒辦法讓你脫罪。」

「但這些傷我只對妳一個人說過。」

「這幾個月，你已經把過去二十四年的人生都告訴我了呀。」

「真的都不是些愉快的故事。」

換了口氣，我繼續說下去。

「知道我身上的傷的人只有妳，照這個思路，我想這封信當時肯定就擺在那個餅乾盒裡。」

寫有「$」符號的餅乾盒，恐怕沒有比這更市儈、更直接的做法了。

「妳必須讓妳姑姑他們發現妳偽造的信，所以一定要放在顯眼的地方才行。」

於是茉莉——或者說森見存的錢被拿走了，信件也因此轉交到警察手裡。

「但也有可能他們讀了信之後決定當作沒這回事，畢竟信件的內容……」

「不會的。」森見打斷我的話。「因為把那封信交出去就能夠讓他們免於被警察糾纏。這段日子被盯上的人不是只有你啊，貳米先生。」

「也是。」

「再說，萬一真的失敗，我就再重謄一份請美苓轉交就行了，總會有方法。」

她用輕快的語氣說著，實際上我知道絕對不會這麼簡單，要是警察起了疑心，那森見自己也會受牽連。

是啊，是這樣沒錯，但那又如何？

死板的法律不可能比她的腳步走得更匆忙。

「如果茉莉沒有刻意隱瞞身分，我肯定能更早發現的。」

「如果太早被你發現，我可能就沒機會喜歡上你了。」

我別過頭，望著森見，她輕輕吐了口氣，笑容仍沒有從臉上退卻。

「貳米先生，你猜對了。其實一開始我很討厭你，跟你的體質沒有關係，早在你還在病床上沉睡時，我就恨著你了。」

「因為只有我活下來了吧。」

森見點點頭。

「為什麼是你呢？明明有四個人搭上那輛車，為什麼只有你活了下來？我知道這牽扯很多因素，最好把一切都怪罪到機率上，但我還是想知道你比姊姊更有資格活下來的原因是什麼。」

輪到我無法開口了。

總覺得此時此刻無論肯定或否定，任何語句都不該由我說出。

「所以當我告訴你，我也希望你能死掉時，是真心這麼想的。」

她低下頭，收起下巴盯著膝上緊握的雙拳。

「可是每次聽到你說自己想死時我又覺得很生氣。我不知道是因為姊姊還是我的緣故，我就只是單純生氣而已，你說得沒錯，我真的是很矛盾的人。」

她落寞地說。

「當然這些都只是藉口。」

我猜到她接下來要說什麼了，可是我無法阻止，只好將手放在她的手背上。

「因為害死姊姊的人根本不是你。」她說。

「是我。是我殺死她的。」

我仍然沒辦法回話。海風依舊吹拂著，維持著同樣的頻率，像浪花，像海鷗的悲鳴聲。

下意識，我想起森見床下的三百萬。當她第一次提起時我便覺得納悶，為什麼像她這樣未曾涉世過的女孩會擁有這筆鉅款呢？但美苓告訴我那是她繼承自家人的遺產，我便擅自解釋那筆錢源自於她沒有記憶的父母親。

我只知道她要在死前將這些錢揮霍完畢。
卻忽略她是在我甦醒前的兩個禮拜才做出這個決定。
兩個禮拜前，我們四人被送到醫院，到院前茉莉便已經宣告死亡。
這才是真正的因果聯繫。
「貳米先生，你看過書或電視劇吧。在沒有名偵探的世界裡，保險金一直以來都是很好的殺人動機。」森見說。
「不過要是被發現就功虧一簣了，所以就算是自殺也得想辦法偽裝成他殺或意外才行。」
依然是用那夾雜著幾分刻意的語氣靜靜闡述著。
「但其實自殺也是拿得到錢的，不過保險公司都會規定必須在投保後兩、三年身故才能理賠。你覺得是為什麼？」
「為什麼？」
「因為他們相信沒有人會被詛咒纏身一輩子。只要兩年的時間，當下的情緒都會消散，兩年的時間就足夠你癒合傷口，不論身體的傷或心理的傷都是，沒有什麼問題是時間解決不了的，只是他們給的答案更具體罷了。」
「真那麼簡單就好了呢……」
「吶，貳米先生。」森見問。「你覺得姊姊為什麼要用假身分？」
「我不知道。」我老實承認，我現在的思緒根本無法冷靜處理任何問題，但我還是想強迫自己擠出一兩個答案。「可能是因為要面對真實的人生太痛苦了。」

「剛好相反，我從來沒有聽她抱怨過任何事情，就算我知道她的工作很辛苦，有很多沒辦法化成言語的苦衷也一樣，她總是能用輕鬆的態度面對一切。不是為了我才故意表現這副樣子的，早在我病情惡化前她就是這種個性了，我很清楚。」

接著，她也握住了我的手。

「貳米先生，你喜歡我嗎？」

「嗯。」我說：「我喜歡妳。」

「但是這些話你平常是不可能說出口的，對吧？就像你也不喜歡笑一樣，因為這不符合你的個性。唯獨今天，因為『今天』是特別的……」

我想反駁，可是卻想不到藉口。因為森見說得沒錯，無論我對她抱持著怎樣的感情，拙於言辭的我都難以把心裡的想法化成言語。我不認為自己還有所矜持，比起矜持，不願讓我說出口的原因更像是我害怕受傷。

「姊姊也是。她其實根本不想死，所以我想她之所以對你們有所隱瞞，只是因為她不想用林陌筠的身分死去。」

「既然這樣——」

「所以說，都是我的緣故。貳米先生，你帶我來這裡，是因為知道我已經沒救了，醫生、美苓……所有人都知道這個事實，不管他們是怎麼解釋的，我都知道自己只是在勉強活下去而已。」

她揚起頭，就算帶著笑容，但笑容卻顯得悽愴。

「唯一還抱持希望的人就是姊姊。她認為繼續堅持下去我一定能治好，浪費了五年多的時間，也讓她把薪水幾乎都賠上了，但她還是相信總有一天我能擺脫這場病。」

「所以妳告訴她只要有那筆錢就可以治好嗎……？」

「我們的想法果然很相近呢。」

森見轉向我，笑了出聲。

「由我來說可能很奇怪，但姊姊為了我，幾乎是放棄自己的人生了。除非我死了，否則她一輩子都會被我拖累。我知道自己來日無多，了不起也就是再多撐幾年，所以我拜託醫生不要把我的病況如實告訴姊姊，而是由我告訴她一個數字，一個能治好我的價碼，不會太多也不會太少，至少看得見盡頭。在我死前，姊姊會一直相信那個數字，相較起來，至少她還能相信只要存到那筆錢就能解脫。」

「結果妳沒想到她選擇用這種方式……」

「貳米先生，我是不是很常罵你蠢蛋？」

「還好，大概只罵過四十三次而已。」

「這種事不要記那麼清楚。」

她露出落寞的笑容。

「真抱歉，其實最蠢的人是我才對。明明這筆錢是姊姊用生命換來的，我卻只想著要把它隨便送掉，可是沒辦法呀……真的沒辦法，只要一看到它就會想起是我害死姊姊的。」

我將手在森見的肩上，讓她的身體自然地往我的方向傾斜。

「如果我再想清楚一點就好了，因為我真的沒想過姊姊會死，我只是不想讓她難過而已……對不起，真的對不起……」

右邊的肩膀傳來淚水的溫熱，我的聲音堵在胸口，沉重的心情讓我幾近窒息。

但我還是必須說點什麼。

就算是多麼浮濫的言語也行，否則將來我肯定無法原諒自己。

「森見。」我說。

「在發生那起事故前，我一直以為自己的人生是為了文玥而活。」

「……我知道。」

「雖然見過面後，曾經對她抱持的感情多少還是變質了，可能是因為妳，也可能是其他關係，至少我沒辦法再用過去的想法看待她了。」

曾經的依戀只剩下強烈的失落感。不是為了彌補已經逝去的戀心，只是想給自己一個交代。

「但就算是這樣，我還是希望她幸福。哪怕她依然恨著我，哪怕毀了她人生的人就是我，我知道我的這份心情，也絕對不是對她的歉疚，只是純粹希望她能過上比我更好的人生。」

「你的確很糟糕沒錯，但文玥小姐也對你說了很過分的話。」

「那都無所謂。希望她幸福的理由很簡單，因為無論她多麼討厭我，過去我所有的美好記憶依然是她給予的，這樣就夠了。」我說。

「森見，妳可能覺得自己耽誤了姊姊的人生，但如果是我知道的那個茉莉，肯定會把妳的笑容當作自己的幸福。」

「貳米先生，你很努力呢。很努力說些不像你會說的話。」

「因為好不容易我才找到活下去的意義。森見，是妳教會我的。」

「可惜沒辦法陪你繼續走下去了。」

她將頭靠在我的肩上，輕輕摩擦著臉頰，像是費了好一番功夫才擠出這句話。

「貳米先生，你覺得神在這時候，依然注視著我們嗎？」

「沒有辦法驗證呢，抱歉。」

「那就當作是吧。因為這裡誰也不在，只有我們而已。」

她抬起頭，但視線的落點不是我，而是放在我身旁的手提袋。

屬於她的手提袋。

接著，她伸出手，將那把從我們相識之初就放在裡面的水果刀取出。

「貳米先生，神會用最殘酷的方式折磨你，所以你才會死不了，所以那些你所重視的人才會在你面前離你而去。」

她抓著刀刃的那段，將刀柄的放到我的手上。

「但就算是壞心眼的神，我仍覺得祂對我特別偏心。因為祂知道讓你最痛苦的結果，是我最幸福的結局。」

我遙望著無雲的青空，直到水平面的交界處。握在手中的刀柄，粗糙的顆粒感特別鮮明。

「吶，貳米先生，為了我的幸福，你願意承受這份不幸吧。」

我緊緊握住刀柄，但意識卻開始變得模糊，那是我的本能，因為如果不能讓思緒留白，我所準備的這一切都將功虧一簣。

於是我點了點頭。

「嗯，所以你才會帶我來這裡。比起海洋本身，我更喜歡聽海浪的聲音，因為即使風平浪靜，浪花也絕非一成不變。」

她牽起我的手，將我們帶離長椅。我們站在堤防的邊界，她專注聽著海潮聲，低垂的雙眼幾乎要闔上。

接著，她轉過身，左手搭上我的手臂。我已經下定決心，已經不願再多思考，便摟著她的肩膀，擁她入懷。

「祉然，以後我想都叫你祉然。」

她舉起手，撫著我的臉頰，浸濕她纖細手指的不再是淚水了。

「所以你也叫我阡海吧。就算你是貳米，我是森見，但我還是想聽聽看你叫我的名字。」

42

「阡海——」

她的食指堵住我的嘴唇。

「不要說。」她的雙眸依然對我笑著。「我們從來不說再見的，還記得嗎？」

那我還能說什麼呢？我已經想不到了。明明已經沒有時間了，森見的聲音、她臉上的笑容，很快就什麼也不剩了，但我的眼眶中盡是淚水。

「即便是被詛咒的人生，也有能帶給人幸福的能力喔，祉然。不論是你或是我，都被永遠沒辦法根治的病纏上了，但就算是這樣，我還是因為你，成為世界上最幸福的人。」

漣漣落下的眼淚，不停被海風帶走，潮汐也在推移我與海的距離。森見闔上雙眼後，我依然將她緊擁在懷裡，我想就這樣抱著她，直到我們的屍身一同腐朽，但這終究是不切實際的幻想。

早在她鬆開我的手之前，我的雙腿就已經因為承受不住內心的啞然而失去氣力。血紅色的花瓣在她的腹部綻放。在遙遠的島嶼最南端，在我所能帶她抵達的最遠境界，直到我的聲音與她的生命一同淌入星辰消逝的海水前，我不停呼喊她的名字。

因為手術的關係，我又回到了熟悉的病房。

十幾天的休養期比想像中還漫長，每一天留下的記憶到了隔天便恍若隔世。

不論經歷了怎樣的事，人的個性總有一部分深植在骨子裡，想改變也變不了。

不過對比以前，我也算是稍稍有了進步。過去的我甚至根本沒有察覺自己在糟蹋人生的機會。

現在，我開始會思考未來的事。像是出院之後該去找什麼工作，或是要不要透過函授的方式繼續升學。我依然會顧忌與人產生交集，可是我相信這之間肯定存在著能讓神明妥協的灰色地帶。

理由沒什麼特別的，純粹是找到能繼續活下去的藉口。

如此思忖的我，下意識確認了床底下的手提箱。

三百萬。

我想這又是一個我一輩子都無法忘記的數字。

當初持有它的女孩究竟是抱持怎樣的心情呢？我總覺得現在也稍稍能體會了。對需要面對社會現實的我而言，可能不算一筆鉅款，可是那份遠超出三百萬的重量，總是把我壓得喘不過氣來。

「墨先生，你的時辰到了。」

「妳一定要用這種討人厭的說法嗎？」

推開房門走進來的是美苓。再度被安排負責照看我，對護理師的她和病患的我而言大概都不是什麼值得開心的事。

今天的她看起來心情不壞，眉間的距離好像比平常舒緩了些。

我脫掉上衣，讓她替我重新更換繃帶，順道檢查傷口的癒合狀況。

「唉呀，都長蛆了。這下該怎麼辦才好。」

她故作驚訝地說。

「看來只能把你轉進樓下的病房了，可能要請你忍耐一陣子，因為床位有點小，連翻身都有困難……」

「……妳是指太平間吧。」

進出醫院太多次，某種程度上也變成常客。導致我現在面對美苓的數落，甚至有點樂在其中。

真不是好現象。

我望著她。只要回想起那天的事，腦袋就會隱隱作疼。

森見倒在我的懷中，淚水在我的臉上潰堤，心跳逐漸消逝在波浪聲中。

一切都結束了。

但就在我這麼想時，一輛沒有鳴笛的救護車出現在我們身後，在濱海公路的路畔旁停了下來。

這麼快就被發現了嗎？看來也到此為止了。奇怪的是，警車並沒有隨行。

而且，從救護車上下來還是我再熟悉不過的面孔。

「你可能忘記了，但不管那孩子去了哪裡，我們都會知道。」

用來連絡院方的鑰匙圈，直到最後森見都還帶在身上。

我告訴美苓我沒有忘，我只是以為她早就知道我帶森見離開的目的了。

「我知道呀。」她說。「所以我也沒有阻止你們，不是嗎？」

「也是。」

就算搭上救護車，我的思緒仍在海岸線上遊走，美苓替我擦掉臉上的血液，不久我便失去了意識，視野最後見到的，是躺在擔架上的森見。

下次睜開眼睛，已經回到醫院。我不知道我沉睡了多久，只覺得夕陽的光線刺眼，而我的雙手宛若還沾染著鐵鏽的腥味。

我知道自己鑄下了大錯，而且這次沒有人能再為我辯護，但我並不後悔。

可是，走進病房的人卻只有醫生和護理師，警察一次也沒有出現。

為什麼？我問美苓。她告訴我警方根本不知道這件事。

「因為沒有必要告訴他們，而且要是讓他們知道了，他們就會去追查你和那孩子的關係，屆時她的努力就白費了。」

「妳早就知道森見是茉莉的妹妹了。」

「我一直都知道。」她接著說：「畢竟我是負責照顧她的人，所以也認識她的家屬。」

說完，美苓換了口氣，再次說道。

「而且茉莉也是我的朋友。」

當她說出這句話的同時，雙眼似乎閃爍著水色的光芒。

「森見告訴你了吧，三百萬的事。」

「說了。」

「所以你知道她為什麼想把那筆錢送出去了。」

我低下頭，視線瞟向床腳，森見留下的手提箱，露出了其中一個稜角。

「美苓，這筆錢……」

「我不會收的。」

看出我心中的想法後，她斷然拒絕道。

「我不接受任何人的施捨。」

「我不覺得這是施捨。這段時間受了妳不少照顧，不管未來如何，我都應該把它留給妳。」

「墨祉然，你認為茉莉的死是你的緣故嗎？」

至今我還是沒辦法回答這個問題。

原本我的確是這麼認為，因為我的厄運牽連到了其他三人，不然當初他們可能都有機會獲救。

但同時我也答應森見，不能再這麼想了。

聽完我的話，美苓宛如嘆息般說道：「我不像森見，懶得浪費時間安慰你，但茉莉的事，我也有責任。」

「為什麼？」

「你覺得單憑森見自己有辦法說服茉莉，三百萬就治得好她的病嗎？」

「所以妳……」

「我偽造了資料，讓茉莉相信真的有一套療程能保證治好森見。我不能告訴她森見這輩子都沒救了，你明白吧？那等同於抹除她人生的意義。所以相對的，只要讓她知道這部故事最後會迎來美好的結局，她就會有繼續翻頁的動力。」

「森見也是這麼說的。」

「當然。因為她就是這麼說服我的。」

我看見口罩底下，美苓露出漫不在乎的微笑。

「如果是生性樂觀的人，也許能義無反顧地相信奇蹟存在，但我們都不是這種人，就算提前看見未來，但直到將幸福牢牢握在手心前，我們都沒辦法安心，就是這樣麻煩的性格，不是嗎？」

我抿起嘴唇，取代回應。

「所以你就繼續自責也無所謂，因為我也不想一個人痛苦。」

很慶幸這間醫院一直都是這麼冷清，我們才能不在乎外人的眼光談論這些事。

我接著問道：「那關於我的體質，妳也早就知道了？」

「算是吧。畢竟從你被送來，一直到你回復意識前的檢驗報告都很不尋常，照理來說，你早就應該死了。」

不過這些異常數據在我甦醒之後就消失了，我的身體機能又回復正常，基於不想讓病患白操心的理由，那段期間的診斷報告醫生並沒有讓我過目。

她接著說：「也是在那時候，我想起茉莉幾個月前告訴我她交到了一個朋友，一個聲稱自己的人生被詛咒的怪人。」

「只是她沒有跟妳說她要和這位朋友一同赴死。」

「是沒有。」

「如果她有先找妳商量的話……」

「那是不可能的。」她停頓了一下。「再說，本來就沒有什麼如果。」

「也是。」

重新包紮好傷口，例行事項也交代完畢後，美苓準備離開病房。在她走前，我叫住了她。

「美苓。」

「怎麼？」

「妳其實比誰都希望森見活下來吧。」

「你在說什麼傻話呀，貳米先生。」

她模仿森見的口氣說道。我看見口罩下泛起了笑意的雛形。

隨著這句話，門也一同關上。

常聽人開玩笑，說腎之所以有兩顆的原因是手頭告急時期其中一顆可以拿來賣。同樣的器官還有肝。

和其他部位不同，就算切除一部分的肝臟，它也有再生的能力，所以只要身體負擔得了，即使大半的肝臟都被切除了人也不會有事。

在院休養期甚至不到十天。

這是普通人的標準，換成是我，術後隔天就能下床走路了。

我放下手中的資料夾，那是我拜託美苓留下的，裡面裝著我第一次入院時簽署的文件。那時我根本沒仔細看文件的內容，只是照著她的話，哪裡需要我簽名就簽，連自己到底簽了些什麼也不知道。

那個時候，美苓和醫生就已經預料到未來會發生什麼事了嗎？

我不這麼認為，可是那確實是我生命中，為數不多被允許發生的奇蹟。

既然如此，那就試著相信它吧。

美苓離開後不久，我也走出病房，我知道主要還是心理作用居多，但一想到肚子裡被掏空了一塊，就覺得身體變得輕盈許多。

縫線還留在肚臍上的位置，一道比過去每一條疤痕都還醒目的傷，但我想終有一天傷痕也會隨時間淡去。

我緩步走下樓，麻醉的藥效似乎還集中在臀部，走起路來就像在復健的病人一樣，一拐一拐的。

穿著睡衣的老人依然聚集在大廳盯著電視看，醫院的看護坐在一旁，圍在一起聊天。我不記得他們的長相，但應該還是同樣一群人。

我穿過自動門，外頭天氣晴朗，夏季的暑氣已經逐漸散去，枝枒上的樹葉披上一層黃紅色，迎面吹來的涼風有腐土的氣味。

我在醫院前的花圃繞了一圈。想起以前騎機車來到這裡時，森見總是坐在某個特定的角落等待我。就像我們不會道別一樣，我們也從來不打招呼，她只是默默地接過我遞給她的安全帽然後坐上機車。無論關係如何變化，永遠都像兩個互相輕蔑的朋友，除去彼此都感興趣的話題，就不會浪費多餘的力氣在沒有意義的對話上。

「森見。」

我喊出了聲，不需要回應，就只是單純想這麼做——原本我是這麼想的，卻從某出傳來貓的叫聲。

喵——

又一次，貓叫聲是從我熟悉的地方傳來的。

以前充斥在心裡的尋死念頭已經完全消失，出院後，大概不會再以病人的身分來到這間醫院了，我想在這之前，再去那裡看一看。

想去看看我們相遇的那棵枯樹。

我穿過被落葉覆滿的小徑，腐爛的果子和蟬的空殼一同被埋葬在土中。

枯樹映入眼簾。

樹下當然一個人也沒有，但也沒有看到小貓的身影。

距離枯樹稍遠的地方有一座販賣機，販賣機旁有一張長椅。雖然已經被人捷足先登了，但畢竟只有那裡能看得到那棵枯樹。

一隻三花貓正安穩地趴在長椅上，牛奶糖似的花色融化在白淨如雪的軀體。我想我認得那隻貓，幾個月前我們曾在醫院附近的空地見過面。

我逕自在長椅的一端坐下，一望向那棵枯樹，所有的記憶又會再度湧現。

「牠還好嗎？」我問道。

「不好。」身旁的人說。「有陌生人來，牠的小孩都嚇得躲起來了。」

「抱歉，以後我會更小心點。」

「那你呢？你的臉色看起來不太好。」

「大概是因為我才剛開過刀。從外表看不出來，不過衣服下有一道很深的傷口，是動手術留下的痕跡。」

我望向她的同時，她輕輕地笑了。

「真巧，我也是。」

說完，她稍稍掀起上衣的一角，我看見她衣服下的白色繃帶。

恐怕就連替我們包紮的都是同一個人。

「我在這裡，會妨礙妳看風景嗎？」我問道。

「只要別去吊在那棵樹下都好。」

她指著枯樹，瞇起眼睛道，而我則是點了點頭。

「要是那天晚上成功的話，我就不會有機會坐在這裡了。」

「後悔嗎？」

「後悔呀，後悔我沒有早點發現。」

不單是茉莉，就連我自己的事，美苓都沒有向我坦白。

醫院讓我簽署的文件中，也包含一系列的意願書。詢問我是否同意讓自己的器官或血液為人所用。

最初院方可能只是想知道我活下來的原因，將一部分的檢體送作化驗，但在美苓眼中，她看見的卻不僅如此。

「對我而言，不死就等同於一種詛咒，我沒想到能有派上用場的一天。讓瀕死的病患接受我的骨髓或是器官，是不是就能讓她免於一死呢？我知道這一點科學根據也沒有，甚至移植手術本身就是犯法的，但我還是寧願抱持希望試試看。」

這也是美苓告訴我的。她很早就從茉莉那裡得知我無法死去的事，所以在我入院後，她便讓我簽下同意書，將我的血液送檢，幸運的話，這帶著不死詛咒的血液或許能救某人的性命。

同理，臟器也是。

神不肯讓我死去，那僅僅是我的一部分呢？如果這部分離開了我的身體，神會任其腐爛嗎？

這些問題不曾獲得解答，因為我曾以為這是具毫無價值的身體，無法帶來任何奇蹟。

此外，病魔侵蝕森見的速度遠比我們所想的還快，美苓來不及等到檢驗結果，我依然找不到殺死自己的方法，無論我或她，都已放棄任何救贖的機會。

所以我才會選擇帶森見離開。

所以才會發生那天在海岸線的事。

但如果不這麼做，也許永遠不會有迎來奇蹟的一天。

「是不是真的有用，還是需要時間來證明。」

她將手放在心臟下方的位置。

「不過，把已經被腫瘤侵蝕得差不多的器官扔掉，換上乾淨的，有種很不可思議的感覺。」

「怎樣的不思議？」我問道。

「就像玩積木一樣。把拼錯的地方拆掉，重新裝上正確的零件，人就能重新運作。以前的那些錯誤突然都變得不重要了，哪怕這塊零件原本不是屬於我的也一樣。」

接著，她將目光投向我。

「同樣地，現在我的身體裡，正流著你的血。」

她的神情嚴肅，不帶分毫開玩笑的意思，但我還是覺得有些害臊，忍不住搔了搔臉頰。

配對剛好成功的機率有多低呢？我不知道，但我總覺得我就是為此才活下來的。

茉莉說如果她死了，某個人能因此而得救。

而我則是因為還活著，那個人才得以延命。

「嘿，貳米先生。」

身旁的女孩再度開口。

「等出院後你打算做什麼？」

「是妳跟我說以後都要叫我祉然的。」

「是沒錯。」她露齒而笑道。「但後來想想，這名字很像是某種香料。」

「喂，太過分了吧。」

「所以你就繼續當貳米先生吧，貳米先生。」

出院之後，果然還是先去買一台機車吧。沒有代步工具，去哪裡都很不方便。

我告訴她，我打算好好從那三百萬裡跟她敲一筆竹槓。

「請自便，不過希望你記得你還沒履行承諾。」

「是啊。不僅如此，我還讓妳距離死亡更遙遠了。」

「以後還很難說，說不定祂還沒有放棄。」

「那我就努力到祂放棄為止。」

我們抬起頭，望著同一片天空。曾以為再也無法迎來的秋季，正高掛著燦爛晴天的陽光。

而那棵本應早已死去的枯樹，卻在這時冒出了不屬於這個季度的嫩芽。

即使，我們的人生就像場鬧劇，但偶爾陽光也會願意照至我們踩踏的道路上。

倘若哪天這道光芒消失了。

屆時我會陪妳再死一次。

阡海。

全文完

後記

承蒙關照，這是第三次為本書敘寫後記性質的文章了。這麼說有點厚臉皮，不過我對這部故事抱持著很複雜的心情，所以每次重新面對都有不同感受。

大多時候聽樂團時都是先喜歡上旋律才去研究歌詞，不過也有些時候反而是從歌詞開始被吸引，amazarashi對我來說就是這樣的一個團體。

「因為神明也是惡人，僅僅是讓我們抱持希望。」

這是我最喜歡的一句歌詞，時隔一年再編修這部故事時，腦中不停響起那首歌的旋律。

這大概是我最後一次觸碰類似題材的故事。

感謝負責實體書出版事宜的齊安與網頁版的呱呱兩位責任編輯，以及負責繪製封面的手刀葉老師和特典彩圖的小夜子老師。付梓成書總是受到許多人幫助，其中最重要的自然是願意喜歡她的你。

國家圖書館出版品預行編目資料

請陪我再死一次 / 八千子作 . -- 初版 . -- 臺北市 :
臺灣角川股份有限公司 , 2023.11
面；　公分
ISBN 978-626-378-180-1(平裝)

863.57　　112015468

請陪我再死一次

作者・八千子
插畫・手刀葉

2023 年 11 月 23 日 初版第 1 刷發行

發行人・岩崎剛人
總監・呂慧君
編輯・喬齊安
美術設計・李曼庭
印務・李明修（主任）、張加恩（主任）、張凱棋

台灣角川

發行所・台灣角川股份有限公司
地址・104 台北市中山區松江路 223 號 3 樓
電話・(02) 2515-3000
傳真・(02) 2515-0033
網址・www.kadokawa.com.tw
劃撥帳戶・台灣角川股份有限公司
劃撥帳號・19487412
法律顧問・有澤法律事務所
製版・尚騰印刷事業有限公司
ＩＳＢＮ・978-626-378-180-1